KB043259

그리움의 언덕에 서다

그리움의 언덕에 서다

1판 1쇄 : 인쇄 2017년 04월 10일
1판 1쇄 : 발행 2017년 04월 13일

지은이 : 김부배
펴낸이 : 서동영
펴낸곳 : 서영출판사

출판등록 : 2010년 11월 26일 제 (25100-2010-000011호)
주소 : 서울특별시 마포구 성미산로 187, 아라크네빌딩 5층
전화 : 02-338-7270 팩스 : 02-338-7161
이메일 : sdy5608@hanmail.net

그 림 : 박덕은
디자인 : 이원경

ISBN 978-89-97180-70-7 04810
ISBN 978-89-97180-00-4(set)

그리움의 언덕에 서다

2017 · 서영

김부배 시인의 제3시집 출간을 축하하며

김부배 시인은 2015년에 제1시집 [첫사랑]을, 2016년에 제2시집 [사랑의 콩깍지]를 각각 펴냈다. 다시 1년 만에 제3시집 [그리움의 언덕에 서다]를 세상에 선보이고 있다. 여행사를 운영하면서도 틈틈이 시, 시조, 수필 등을 써 놓았다가, 이를 모아 작품집으로 발간해 나가는 삶, 멋지다.

김부배 시인은 바쁜 일과 중에서도 필자가 현재 2년째 진행하고 있는 아프리카tv의 "낭만대통령의 문학토크"에도 들어와 한 달에 평균 20여 편의 작품들을 발표하고 있다. 발표 장르는 시, 시조, 가사문학, 수필 등이다. 요즘은 수필 창작에 열정을 듬뿍 쏟고 있다. 머지않아 김부배 수필집도 세상에 나올 것 같다.

인생을 바라보는 긍정적인 태도, 늘 전진하는 자세, 성실성과 인내심을 바탕으로 두고 도전하는 모습 등이 줄곧 주위 문우들의 부러움을 사게 만드는 것 같다.

김부배 시인의 제1시집 [첫사랑]에서는 내면의 세계,

즉 외로움, 쓸쓸함, 적적함 등을 주로 다뤘다. 현모양처로서의 삶도 이어오고 있고, 간혹 자유롭게 해외여행도 다니고 있는 그녀에게 왜 이런 감성들이 찾아든 것일까. 내면의 외로움, 쓸쓸함, 적적함 등이 원동력이 되어 시 창작의 열정을 갖게 된 것은 아닐까 할 정도로 제1시집의 세계는 내면의 감성 토로가 시집의 대부분을 차지했다. 그러한 감성으로 바라본 산과 하늘과 역사와 추억의 세계를 다루면서, 시심의 보드라움과 고요, 낭만과 자유, 진정한 행복, 삶의 가치, 진정 아름다운 삶 등등의 세계를 시적 형상화해 놓고 있다.

김부배 제2시집 [사랑의 콩깍지]에서는 자유시와 단형시조와 연시조를 오가며 펼치는 다채로운 시적 형상화, 그 오솔길을 걸으며 시적 화자의 내면과 대화를 나누고 있다. 그 시 세계가 참 아름답고 싱그럽다. 시적 화자는 이런 감성을 독자들에게 여러 각도로 제공해 주고 있다. 섬세한 감성의 길로 안내하는 이미지, 구상과 추상의 조화로움 속에 자리하는 긍정의 힘, 외로움을 극복하게 해주는 다채로운 감성의 배치, 아름다움을 향해 나아가게 하는 시심의 꽃, 줄기차게 펼쳐 나가는 시 창작의 열정, 독자들을 감동시킨 오솔길, 그 오솔길을 걷게 해주고 있다. 이렇듯 제2시집에서 더 한층 성숙한 시 세계를 보여 주고 있어, 독자들의 눈길을 사로잡기에 충분하다.

김부배 제3시집 [그리움의 언덕에 서다]에서는 또 어떤 시 세계를 펼치고 있는 것일까.

지금부터 김부배 시인의 시 세계로 들어가 보기로 하자.

너만을 생각하며 보내
하루종일 그렇게 보내
고비고비 치솟는 그리움 누르고 누르며
나의 하늘이 허락하는 날까지.

- [나는] 전문

이 시에서의 시적 화자는 오로지 '너'만을 생각하며 보낸다고 토로한다. 하루종일 너만을 생각하며 그렇게 보낸다. 고비고비 치솟는 그리움 때문에 늘 성가시지만, 정말 참기 어렵지만, 가슴을 누르고 누르며, 열정도 누르고 누르며, 발걸음도 누르고 누르며, 헛생각도 누르고 누르며 세월을 보낸다.

시적 화자의 하늘, 즉 '너'라는 님을 만나 재회하는 그날까지, 다시는 헤어지지 않고 함께하는 삶, 그리움으로 애타하는 삶이 아닌, 가까이 함께하는 삶, 둘이 하나되는 삶이 허락하는 그날까지, 기다리며 인내하며 참고 견디며, 온갖 욕망들을 누르고 누르며 조용히 지내겠다고 토로하고 있다. 얼마나 지독한 인내심인가, 얼마나 지독한 그리움인가, 얼마나 지독한 사랑인가. 이처럼 짤막한 시 속에다 다채롭고 깊이 있는 감성들을 축약해서 집어넣는 김부배 시인의 시적 형상화 솜씨가 놀랍기만 하다.

매혹의 퍼즐처럼
오고가는 사연자락들이
연분홍 꽃비로 내리는 곳

실안개 피어오르고
아련한 추억
아스라이 잊혀진
기억의 저편으로 내리는 곳

붉디붉은 어제와
마디마디 숨결의 오늘이
침묵 지키며 고즈넉이 내리는 곳.

- [버스 정류장] 전문

이 시에서의 시적 화자는 버스정류장에 서서 관찰하고 있다. 버스정류장에는 매혹의 퍼즐처럼 오고가는 사연자락들이 연분홍 꽃비로 내리고 있다. 실안개가 피어오르고 있고, 아스라이 잊혀진 기억의 저편으로 아련한 추억이 내리고 있다. 그리고, 붉디붉은 어제와 마디마디 숨결의 오늘이 침묵을 지키며 고즈넉이 내리고 있다. 시적 화자의 내면은 버스정류장에서 눈길을 떼지 않는 감성과 손잡고서 계속 머뭇거리고 있다. 뭔가 할 듯 말 듯, 뭔가 내뱉을 듯 말 듯, 그러다가 눈길을 접는 시적 화자가 안쓰러워 보이기까지 한다. 인간의 행동은 어디까지 드러내야 할까. 꼭 행동으로 옮겨야만 좋은 것인가. 감정과 느낌과 생각을 이처럼 시적 형상화 속에 담고 묵묵히 지켜보며 소중히 간직할 줄 아는 게 진정한 인간이 아닐까. 툭 하며 감정을 내뱉어 버리고, 남을 짓밟고 상처 주는 현대인들에게 무언의 메시지를 던져 주고 있다 여겨진다.

한 그릇의 미역국에
고향 바다가 환하게 출렁인다
바지락 따라온 하얀 파도 소리
미역귀에 담긴 인어 이야기
수평선에서 갯벌 꺼내 굴을 따
마주앉은 밥상이
차르르 차르르 넘쳐난다
물때에 맞춰 숨쉬는

어머니의 기도가

달빛으로 번져 올라오자

소금처럼 따가운 하루가

순해지기 시작한다.

- [생일날 출근] 전문

이 시에서의 시적 화자는 생일날인데도 출근하고 있다. 자기 생일날에는 하루 쉬게 해주는 직장은 어디 없나. 생일날 식탁에 놓은 미역국 한 그릇에 고향 바다가 환하게 출렁이고 있다. 바지락도 들어 있다. 바지락 따라온 하얀 파도 소리, 미역귀에 담긴 인어 이야기도 함께 앉아 있다. 수평선에서 갯벌 꺼내 굴을 따 마주앉은 밥상이 정겹다. 차르르 차르르 파도 소리와 인어 이야기가 넘쳐나는 밥상이 앙증맞다. 덩달아 물때에 맞춰 숨쉬는 어머니의 기도가 달빛으로 번져 올라온다. 그러자 따가운 하루가 갑자기 순해지기 시작한다. 시적 화자의 삶은 고달프지만, 생일날 잠시나마 어머니가 떠오르고 어머니의 기도가 다가와 시적 화자의 내면을 어루만져 주자, 힘겨운 삶이 갑자기 생기가 돌기 시작한다.

이 시에서 만나는 시적 형상화가 매력적이다. 고향 바다가 환하게 출렁인다, 미역귀에 인어 이야기가 담긴다, 수평선에서 갯벌 꺼내 굴을 따 마주앉은 밥상, 물때에 맞춰 숨쉬는 어머니의 기도, 그 기도가 달빛으로 번져 올라온다, 소금처럼 따가운 하루가 순해진다 등등의 표현에 눈길이 머문다. 시적 형상화, 시적 표현이 아주 세련되어 있음을 발견하게 된다. 어느덧 김부배 시인이 이미지의 그릇을 이루는 시적 형상화의 기초가 보다 더 튼실해졌음을 보여 주고 있다.

너는
한순간 부푼 바람이었나

정갈한 아침
맑고 깊은 소리
들려온다

뒤뜰에 붉게 핀
홍매화 가지마다
새로운 사랑이 되어
고웁고도 잔잔히 밀려든다

꽃샘추위에도
너의 어깨엔 여전히
그리움이 웅크리고 있다

나를 읽고 있는 추억들
톡톡 터지면
유난히 깨끗한 숨결로 피어나는 너.

- [봄 · 1] 전문

이 시에서의 시적 화자는 봄을 의인화하고 있다. 마치 연인인 것처럼 속삭인다. 어쩌면 봄은 한순간 부푼 바람이었는지 모른다. 갑자기 찾아와 모든 걸 부풀게 했으니까. 봄 때문에 모든 게 변했다. 정갈한 아침에는 맑고 깊은 소리가 들려오고, 뒤뜰에는 홍매화가 붉게 피어 가지마다 새로운 사랑이 되어 곱게도 잔잔히 밀려든다. 그리고 꽃샘추위인데도 봄의 어깨엔 여전히 그리움이 웅크리고 있음도 발견한다. 추억들이 시적 화자를 읽다가 톡톡 터지면, 유난히 깨끗한 숨결로 피어나는 봄을 유려한 솜씨로 그려 놓고 있다. 군데 군데 보이는 상큼한 시적 표현들이 감칠맛을 선물하고 있다. 봄의 어깨에 웅크리고 있는 그리움, 시적 화자를 읽고 있는 추억들, 추억들이 톡톡 터지면 유난히 깨끗한 숨결로 피어나는 봄, 봄은 한순간 부푼 바람 등등의 표현이 그렇다. 시 한 편 한 편 시적 형상화에 정성을 다하는 김부배 시인의 자세가 한결 멋스러워 보인다.

열정의 설렘으로

붉게 타오르는 숨결

지울수록 더 그리워지는
내 전부가 되어 버린 행복

여유롭고 찬란한 울림의 현 타는
어여쁜 마음

깊은 고요의 품안에
은은하게 흐르는 음률

빛살처럼 휘감는
향기로운 웃음꽃

새롭게 담아낼 기쁨의 그릇에
열병 앓듯 채워지는 미소.

- [그리움 · 1] 전문

이 시에서의 시적 화자는 그리움이라는 추상의 세계를 구체화시켜 놓고 있다. 열정의 설렘으로 붉게 타오르는 숨결, 지울수록 더 그리워지는 행복, 여유롭게 찬란한 울림의 현 타는 어여쁜 마음, 깊은 고요의 품안에 은은하게 흐르는 음률, 빛살처럼 휘감는 향기로운 웃음꽃, 기쁨의 그릇에 열병 앓듯 채워지는 미소가 그리움이라고 표현하고 있다. 그리움의 세계를 다양한 각도에서 해석해 내고 있는 시적 화자가 갖추어야 할 시인의 자세를 견지하고 있다. 오랜 세월, 독자들이 시를 사랑하는 이유가 이게 아니겠는가. 한 사물이나 추상의 세계를 다양한 각도로 바라보고 여러 각도로 해석하고, 그 해석학을 통해 비전의 확대를 시켜 가는 시, 그러기에 독자들이 시를 사랑해 왔던 건 아닐까. 확실히 시 창작에서 새로운 해석학, 낯설게 하기는 필수품이 되고 있다고 여겨진다. 새로운 해석학이 담겨 있고, 낯설게 하기에 기초한 시가 오래도록 독자들의 사랑을 받게 되리라는 예감이 든다. 김부배 시인의 시들이 이러한 독자의 예감 위에 구현된 것인 듯하다.

보고픔이 습관처럼 바라보니
새들은 날아들어 인사하고
날갯짓 한창이네

너를 향해 울려 퍼지는 함성
찬란히 솟아올라
빛을 발하니
여명을 헹궈내는 가슴마다

웃음꽃이 열리네

먼 훗날까지
결코 지워지지 않을 그대
핏줄 속에 머물러 내 품에 있네

사색 위에 걸터앉아
향기롭고도 아름답게
지켜보고 있네.

- [일출] 전문

이 시에서의 시적 화자는 일출이 마치 연인인 것처럼, 그리움인 것처럼 그려져 있다. 보고픔이 습관처럼 바라보는 날 새벽, 새들이 날아들어 날갯짓 한창일 때, 함성이 찬란히 솟아올라 빛을 발한다. 여명을 헹궈내는 가슴마다 웃음꽃이 열리고, 먼 훗날까지 결코 지워지지 않을 그대가 시적 화자의 품안, 핏줄에 머물러 있다. 그 모든 감성들이 시적 화자와 함께, 그대와 함께 사색 위에 걸터앉아 향기롭고도 아름답게 일출을 지켜보고 있다. 일출의 모습을 바라보며, 시적 화자의 감성을 아름답게 빚어내는 솜씨가 남다르다. 차분하면서도 섬세하게 일출의 정경을 시적 형상화로 빚어 놓고 있다. 그 어떠한 소재도

자유자재로 다룰 줄 아는 김부배 시인의 다른 작품들이 기대되는 이유가 바로 이것이다. 추상과 구상의 입체화, 추상과 구상의 서로 보완 작업을 통해, 안정된 이미지, 일상의 가구들을 만난 듯한 편안함을 제공해 주고 있다. 시상의 흐름이 자연스러운 점도 눈에 띈다.

한겨울 해거름의 뒷걸음질이
여울져 사라지고

지칠 줄 모르는 열정은
붉은 시름 여전히 밀어내고 있다

보내는 눈빛의 고요함은
착하고 속 깨끗한 숨결처럼
천년 하늘빛 통째로 마시고 있다

고즈넉한 상념은 소리 없이
그리움 되어 깊어만 가는데.

- [저무는 창가] 전문

이 시에서의 시적 화자는 저무는 창가에 서서 상념에 잠겨 있다. 한겨울 해거름의 뒷걸음질이 여울져 사라지는 것도 바라보고, 지칠 줄 모르는 열정이 붉은 시름 여전히 밀어내고 있는 것도 목격한다. 그리고 보내는 눈빛의 고요함이 천년 하늘빛을 통째로 마시고 있는 모습도 지켜보고 있다. 그러면서 아쉬움 가득, 뭔가 모를 안타까움에 젖어 있다. 어느덧 찾아온 고즈넉한 상념은 소리 없이 그리움 되어 깊어만 가고 있음도 감지한다. 나이가 들어가다 보니, 여울져 사라지는 것들, 밀려오는 시름 등이 마음 아프게 한다. 그런데도 지칠 줄 모르는 열정은 여전히 옛 흐름을 지켜가고자 한다. 그래서 붉은 시름도 밀어내고, 착하고 속 깊은 숨결을 지켜내고자 한다. 하지만, 해는 저물고 있고, 나이도 저물고 있고, 상념은 쓸쓸함과 고요함에 휩싸여 묵묵히 그리움이 되어 시적 화자의 내면을 휘감고 놓아 주지 않고 있다. 시를 통해 보여 주고 싶은 세계, 나이 먹어감을 순순히 받아들여, 여생을 조용히 갈무리하고자 하지만, 여전히 꿈틀대는 열정의 속삭임을 만나는 시적 화자를 우리는 보게 된다. 시라는 장르를 통해서만 만날 수 있는 감성의 미묘한 세계, 그 세계로 김부배 시인은 독자들을 끊임없이 안내하고 있다.

오늘 같은 날
널 바라보고만 있어도
설렘이 말갛게 피어나 싱그럽다

그리움의 속살로 꿈틀대는
보드란 날개 온통 두르고 싶다

붉디붉은 마음결 너울거리면
그대와 하나이고 싶어라

진한 향내 스민
달콤하고 느낌 좋은 감성들
모조리 심장에 담아

계절의 쓸쓸한 빛으로
조금씩 조금씩 내려놓으려 해도
마냥 안겨 오는 미소여.

- [인연] 전문

이 시에서의 시적 화자는 솔직하게 자신을 드러내고 있다. 어느 날, 인연을 바라보고만 있어도 설렘이 말갛게 피어나 싱그럽다. 그 인연이 누구일까. 사랑하는 님일까. 운명일까, 아니면 잊혀져 간 그 모든 것들일까. 아니면 아직도 달라붙은 추억들일까. 아니면 지금까지 잊혀지지 않는 사랑일까. 시적 화자는 그리움의 속살로 꿈틀대는 보드란 날개로 온통 인연을 두르고 싶다고 한다. 붉은 마음결 너울거리면 사랑하는 그대와 하나이고 싶어한다. 진한 향내 스며 달콤하고 느낌 좋은 감성들을 모조리 심장에 담고 싶어한다. 아무리 계절의 쓸쓸한 빛으로 조금씩 조금씩 내려놓으려 하지만, 마냥 안겨 오는 미소를 어쩔 수 없듯, 내게 이미 주어져 버린 인연을 어찌할 수 없다. 이럴 바엔 차라리 인연을 안고 살아가는 게 좋지 않겠는가. 이런 말을 외치고 싶은 것일까. 시적 화자의 가녀린 외침 속에는 인연의 소중함에 대한 존중심이 짙게 깔려 있다.

여기서도 추상과 구상의 입체화, 지각적 이미지의 입체화, 즉 시각 이미지(말갛게, 피어나, 두르고, 붉디붉은, 너울거리면, 심장, 쓸쓸한 빛, 미소), 후각 이미지(진한 향내), 촉각 이미지(보드란 날개, 느낌 좋은, 스민, 안겨 오는), 미각 이미지(달콤하고) 등이 조화롭게 어우러져 이미지 구현을 이뤄 놓고 있다. 단순한 서술과 묘사보다는 이처럼 이미지의 입체화, 구상과 추상의 입체화가 낯설게 하기와 손잡게 되면, 시의 맛이 훨씬 깊고 좋아짐을 알게 된다. 이런 점에서 김부배 시인의 시적 형상화에 대한 지속적인 성장이 반갑기만 하다.

나목의 가지 끝에 핀
꽃송이 눈물겹다

뚝뚝 흘린 그리움
홀로 흥얼흥얼 읊조리니

외로움이 파란 마음에 물결치면
다시 새겨지는 너와 나

더 애타게 그려 보는 사랑
새벽 맞으며 노래 부를 수 있을까

번져 가는
저 고요한 외침 따라.

- [첫눈] 전문

이 시에서의 시적 화자는 첫눈을 매개로 하여 사랑을 떠올리고 있다. 나목의 가지 끝에 꽃송이처럼 핀 첫눈을 바라보는 시적 화자는 눈물겹다. 거기서 뚝뚝 흘리는 그리움을 본다. 그래서 홀로 흥얼흥얼 읊조리며 추억 속으로 빨려든다. 추억 속에는 외로움이 기다리고 있다. 외로움이 파란 마음에 물결치면, 다시 새겨지는 너와 나, 과거의 사랑, 온몸에 감겨 온다. 그럴수록 더 애타게 그려 보는 사랑이지만, 이 사랑도 새벽 맞으며 다가오는 현실

속에서 노래 부를 수 있을까. 지금은 모든 게 변해 버린 현실뿐, 아무도 과거의 사랑을 기억해 주지 못하고, 인정해 주지도 않는다. 그래서인가. 번져 가는 저 고요한 외침이 원망스럽기까지 하다. 아무리 부인하려 하지만, 이미 멀어져 간 추억이고, 잊혀져 가는 사랑일 뿐. 그 어떤 길이 있겠는가. 이제라도 이 사실을 확인할 수 있어 다행인 듯하다. 과거에만 안주하여 살아갈 수 없는 현실, 현실을 무시하고 허공에 떠서 살아갈 수 없는 마음, 이 시를 통해 정리하고 가다듬고자 한 것일까.

시는 이처럼 내면의 복잡 미묘한 감성들을 이미지로 정리해 주는 역할을 담당하고 있다. 시가 오래도록 인류의 사랑을 받으며, 존재해 오고 있는 것도 이러한 복잡 미묘한 감성들을 대변해 주기 때문이 아닐까. 김부배 시인도 인류의 다채로운 감성의 대변자 노릇을 해가고 있지 아니한가.

돌풍에 이리저리 비틀거리면서도
서로 부둥켜안고 뒹구는 음률

상흔을 삼키며 읽혀지는
그리움 속에서도 목마름 딛고 서서
차르르 차르르

무지갯빛 피워낸다

숨결 쓸쓸한 냇가에서도
일렁이는 물소리에 애잔함 곧추세운 채

미소 잃지 않고
그 자리 고집하며

진종일 아픔을 느끼면서도
뜨겁게 마주하며 좀처럼 떠나지 않는다.

- [조약돌] 전문

이 시에서의 시적 화자는 조약돌에 시선을 두고 있다. 조약돌은 돌풍에 이리저리 비틀거리면서도 좌절하거나 절망하지 않는다. 오히려 서로 부둥켜안고 뒹구는 음률로 살아 존재한다. 물론 상흔이 없을 수 없다. 그리움에 찌들리지 않을 수 없다. 그런데도 목마름을 딛고 서서 차르르 차르르 무지갯빛을 피워내는 억척스러움을 보여 준다. 숨결 쓸쓸한 냇가에서도 마찬가지다. 일렁이는 물소리에 애잔함 곧추세운 채 자세를 추스른다. 미소 잃지 않고 그 자리 고집하며 물러서지 않는다. 물론 진종일 아픔을 느낄 수밖에 없다. 그럼에도 불구하고, 피하거나 도망

가지 않고 뜨겁게 마주하며 좀처럼 떠나지 않고 맞선다. 이러한 조약돌이 곧 시적 화자이고 나아가 시인 자신이 아닐까. 이 조약돌을 통하여, 시적 화자는 앞으로 여생의 방향을 요약해 주고 있다. 앞으로도 좀처럼 꺾이지 않는 시인의 길을 걸어갈 것 같은 예감이 든다. 누가 뭐라고 해도, 시인의 길을 고집하며, 한 발 한 발 내디디며 살아가는 꿋꿋한 시인, 그 어떤 세파가 몰아닥친다 해도 묵묵히 시를 쓰며 살아갈 것 같은 의지가 엿보인다.

지금까지 우리는 김부배 시인의 제3시집에 실린 시들을 통해, 김부배 시인의 시 세계를 살펴보았다. 우선 구상과 추상의 입체화, 지각적 이미지의 입체화를 통해, 새로운 해석학에 도전하고 있고, 되도록 새로운 각도로 내면의 복잡 미묘한 감성을 바라보려고 애쓰고 있음도 알 수 있었다. 어려운 시어들을 동원하지 않고도, 일상의 흔한 언어들을 활용하여서도 얼마든지 시적 형상화를 이뤄낼 수 있다는 그 길을 확연히 보여 주고 있었고, 비교적 절제된 함축미를 통해, 길게 서술되어 풀어져 있는 시들이 흔한 이 시대의 시단에 대해 따끔한 한마디를 던져 주고 있었다. 시는 시다워야 한다고. 산문 정신에 기초한 장르가 아니라, 운문 정신과 치열한 시정신과 이미지와 낯설게 하기에 기초한 장르가 시임을 다시 한 번 확인해 주고 있다 여겨진다.

김부배 시인의 이러한 노력이 결실을 맺기 시작하여, 충주문학관 문학상 장원, 안양 창작시 문학상, 지구사랑 문학상, 서울지하철 문학상, 신사임당 문학상, 샘터 시조 문학상 수상 등을 비롯하여 국립공원 슬로건 공모전 수상까지 손에 거머쥐었다. 이러한 수상 소식들이 김부배 시인의 시 창작 방향이 올바로 잘 설정되어 있음을 객관적으로 입증해 주고 있지 않은가.

앞으로 제4시집도 이러한 방향으로 한결같이 걸어가리라 믿는다. 지금 정성을 쏟고 있는 수필들도 얼마 가지 않아 한자리에 모아져 김부배 수필집으로 발간될 것이다. 이러한 인생이 아름답게 여겨진다.

뚜벅 뚜벅 올곧게 작가의 길을 걸어가다 보면, '인생이 참 아름다웠다', '참 잘 살았다', '참 멋스럽다' 등의 찬사를 받게 되리라. 그런 길을 걸어가는 김부배 시인에게 다시 한 번 봄꽃 같은 축하의 박수를 보낸다.

– 여기 저기 화사한 봄빛이 너울대는 박덕은 문학관에서

한실문예창작 지도 교수 박덕은

(전 전남대 교수, 문학박사, 문학평론가, 시인, 시조시인, 소설가, 동화작가, 화가)

작가의 말

제3시집을 펴내면서

역시 난 시인이 되길 잘했다. 행복에 겨운 감탄사가 솟구치면 길을 걷다가도 파란 하늘을 쳐다본다. 쏟아지는 봄햇살이 맑고 참 깨끗하다.

이제는 나의 일상 속에 자리잡고 있는 창작 생활, 그 맛이 즐겁기만 하다. 내가 할 수 있는 일이기에, 기쁜 마음으로 날마다 펼쳐 나간다.

2016년도에는 문학상을 7개나 받았다. 그것도 전국 규모의 문학 공모전에 응모해서 받은 의미 있는 문학상들이어서 그 기쁨이 매우 컸다.

난 너무나 행복한 시인이다. 제2시집 [사랑의 콩깍지]로 신사임당 문학상까지 받았으니 얼마나 기쁘겠는가. 마치 날개를 달고 나비처럼 날아가는 기분이 든다.

일단 내게는 무엇을 시작하면 끝까지 가는 인내심이 있다. 시를 쓰기 시작한 이후 틈만 나면 언제 어디서나 습작한다. 애써 시상을 떠올리지 않아도 시향이 솔솔 뿜어져 나온다. 감사할 따름이다.

그동안 이끌어 주신 한실문예창작 지도 교수 박덕은 박사

님, 이분의 훌륭한 지도 덕택에 이처럼 영광스럽고 귀한 문학상들도 받고 시집도 3권째 펴내게 되었으니 어찌 기쁘지 않겠는가. 이 행복감 그 무엇과도 바꾸고 싶지 않다. 문학 코치님을 참 잘 만난 것 같다.

요즘에도 날마다 아프리카TV "낭만대통령의 문학 토크" 시간에 들어가 공부한다. 어딜 가든지 밤에는 빨리 귀가하여 인터넷 방송에 들어가 문학 이론과 창작 기법을 배우면서 사는 재미도 제법 쏠쏠하다. 내가 활기차게 살아가는 데 큰 도움이 되고 있다.

이 얼마나 좋은가. 이 얼마나 즐거운가.

이 순간에도 행복의 나래를 활짝 편 채, 하나님께 영광 돌린다. 더불어 성암교회 담임 한기준 목사님께도 고마움을 표한다. 이모저모로 협력하여 준 나의 가족과 일가친척들에게도 감사를 올린다.

또한 아낌없이 도움과 격려를 주고 함께해 준 한실문예창작 문우님들과 포시런 문학회 회원들, 그리고 아프리카TV "낭만대통령의 문학 토크" BJ님과 함께하는 시청자들께도 향긋한 마음을 바친다. 모든 게 정말 고맙기만 하다.

– 시인 김부배

祝詩

김부배

박덕은

발뒤꿈치에
돛을 매단 이후부터
시심의 강을 달려요

눈웃음도
꽃향기에 버무려
날갯짓에 붙이고

성실의 돛단배에
일출을 얹고
노를 저어 가요

폭우가 몰아칠 땐
잠시 나루터에서
쉬다 가지요

가끔 무지개 뜨는
다리 밑에서

환희의 축배도 들어요

동백꽃 둥둥 떠다니는
잔잔한 하류에선
시집의 포구에 들러

맛깔스런 노래와
리듬 실린 가슴과
포옹하기도 해요

바다에 이르러서는
노을빛 사랑과
뜨거운 입맞춤 해요

거기에
갈매기들과 수평선의
전율을 살포시 얹어요

파도 소리 밀려와
연신 오로라 펴 나르는
몽돌의 바닷가에서.

차 례

1장 — 보름달

2장 꿈빛

3장 — 멈춰 선 자리

4장 — 님이 그리운 날에

그리움의 언덕에 서다

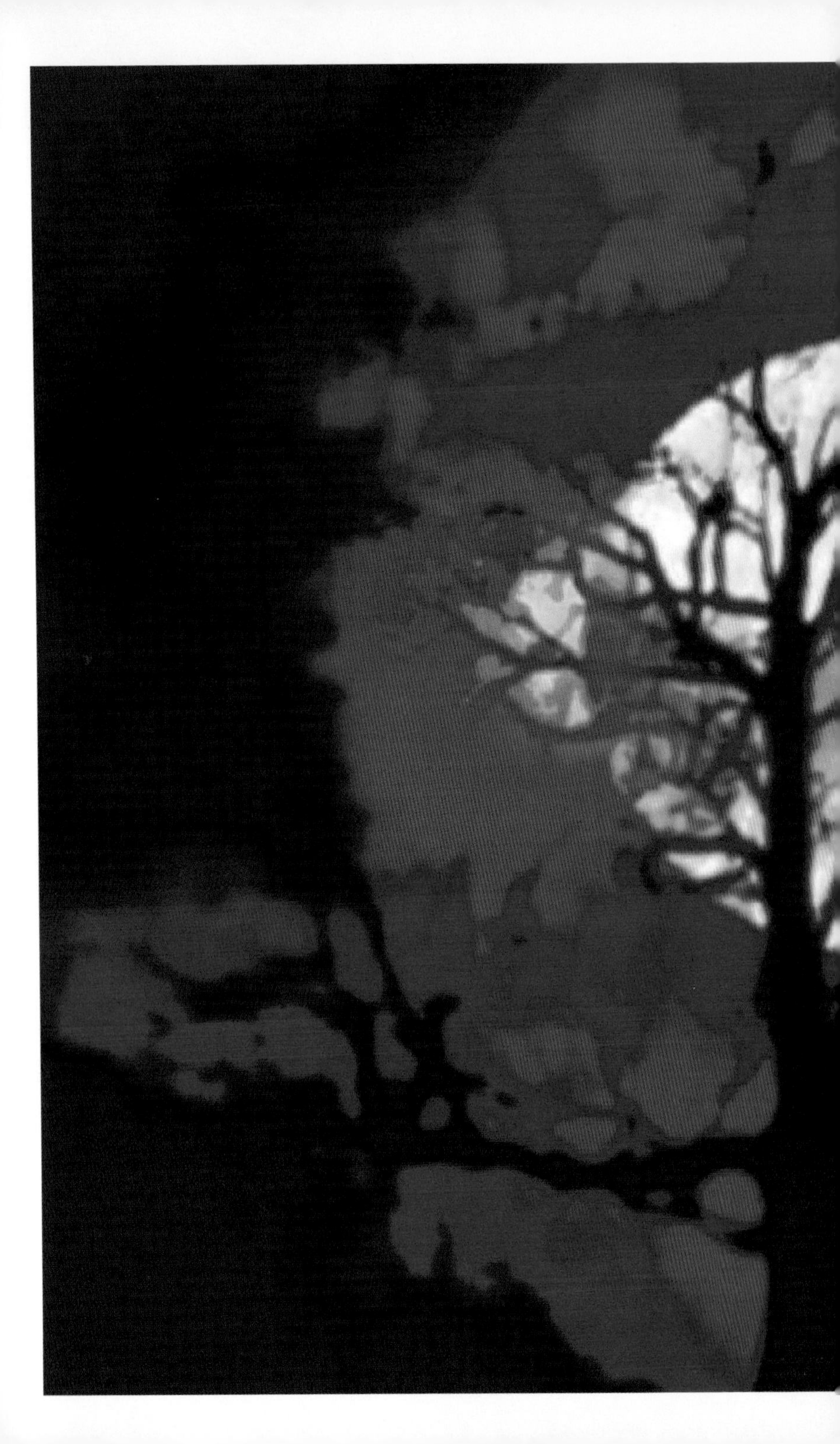

제1장 보름달

박덕은 作 [보름달](2017)

나는

너만을 생각하며 보내
하루종일 그렇게 보내
고비고비 치솟는 그리움 누르고 누르며
나의 하늘이 허락하는 날까지.

박덕은 作 [나는](2017)

버스 정류장

매혹의 퍼즐처럼
오고가는 사연자락들이
연분홍 꽃비로 내리는 곳

실안개 피어오르고
아련한 추억
아스라이 잊혀진
기억의 저편으로 내리는 곳

붉디붉은 어제와
마디마디 숨결의 오늘이
침묵 지키며 고즈넉이 내리는 곳.

박덕은 作 [버스 정류장](2017)

생일날 출근

한 그릇의 미역국에
고향 바다가 환하게 출렁인다
바지락 따라온 하얀 파도 소리
미역귀에 담긴 인어 이야기
수평선에서 갯벌 꺼내 굴을 따
마주앉은 밥상이
차르르 차르르 넘쳐난다
물때에 맞춰 숨쉬는
어머니의 기도가
달빛으로 번져 올라오자
소금처럼 따가운 하루가
순해지기 시작한다.

박덕은 作 [생일날 출근](2017)

봄 · 1

너는
한순간 부푼 바람이었나

정갈한 아침
맑고 깊은 소리
들려온다

뒤뜰에 붉게 핀
홍매화 가지마다
새로운 사랑이 되어
고웁고도 잔잔히 밀려든다

꽃샘추위에도
너의 어깨엔 여전히
그리움이 웅크리고 있다

나를 읽고 있는 추억들
톡톡 터지면
유난히 깨끗한 숨결로 피어나는 너.

박덕은 作 [봄·1](2017)

봄 · 2

애틋함 스며드는 날
가슴으로 녹여낸 추억들
기지개 켠다

어느새 매화는
흐드러지게 결 고운 향기 내뿜지만
그대는 곁에 없고

새벽별 졸고 있는 창가의 침실에는
향긋함으로 다녀오고픈 그리움 솟구치고

사랑의 흔적이 묻어나는
속깊은 마음 지칠 줄 모른다

꽃잎 곱게 피어 있고
떠오르는 정갈한 아침에
흐르는 맑고 깊은 그 소리.

박덕은 作 [봄·2](2017)

내게도 꽃은 핀다

늦가을의 여울목에 찾아온
그 환희 꿈틀대고

은밀한 감촉은
스치는 바람이런가

너의 눈웃음은
시선의 향 품고 싱그레 피어나네

여정의 언저리에 어린
귀밑머리 수줍음처럼

내 앞에 온 그대
뜨거운 마음 흔드나니

묵은 시름 헹궈 호흡 마주하면
여물어 가는 그 체취만 기억하리

이제는 꽃잎에 물든 설렘
빛살 고운 마음만 흩날리네.

박덕은 作 [늦가을의 여울목](2017)

동행하리

햇살 빛나는 하루가
그대의 하늘 같다면

세상을 바라보는 눈동자가
부드러움으로 꽉 차 있다면

영롱한 아침에
한 줄기 아름다움으로 사랑꽃 핀다면

행여나 만나 어우러져
행복으로 가슴 채울 수 있다면

무지개처럼 피어나는 포근함으로
나래 화알짝 펼칠 수 있다면.

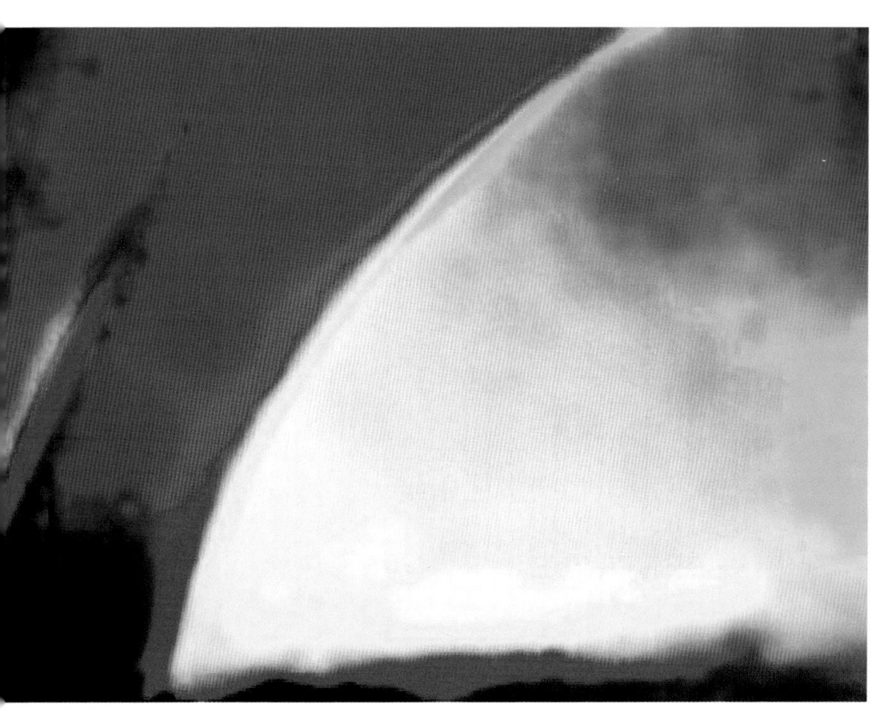

박덕은 作 [무지개](2017)

퇴근길

어스름녘 문득 하늘 바라보니
빛 고운 둥근달이 높이 떠 말이 없다

그대에게 그리움 되어
숨결의 고요 위에 마음 실어 보낸다

사랑하면서 보낸 시간보다
외로웠던 시간이 더 많았다

걸어가면서
그대의 싱그러운 향기에 취해
사랑의 화음을 띄운다.

박덕은 作 [퇴근길](2017)

사과

갈바람 스치는 음률 타고
달빛 안고 살며시 다가온 당신

글썽이는 알몸에 흐르는 전율
수줍어 붉디붉은 당신

그리운 햇살 안고 짙은 향내 풍기며
마냥 곱게 살고픈 당신

찢겨진 설움 토해내며
참고 견디다 뚝 떨어진 당신

추억의 작은 소리마저 외로운데
유성처럼 휘리릭 안겨온 당신

은빛 나래 갈대숲 단잠 깨우고
품속 그리다가 마주한 당신.

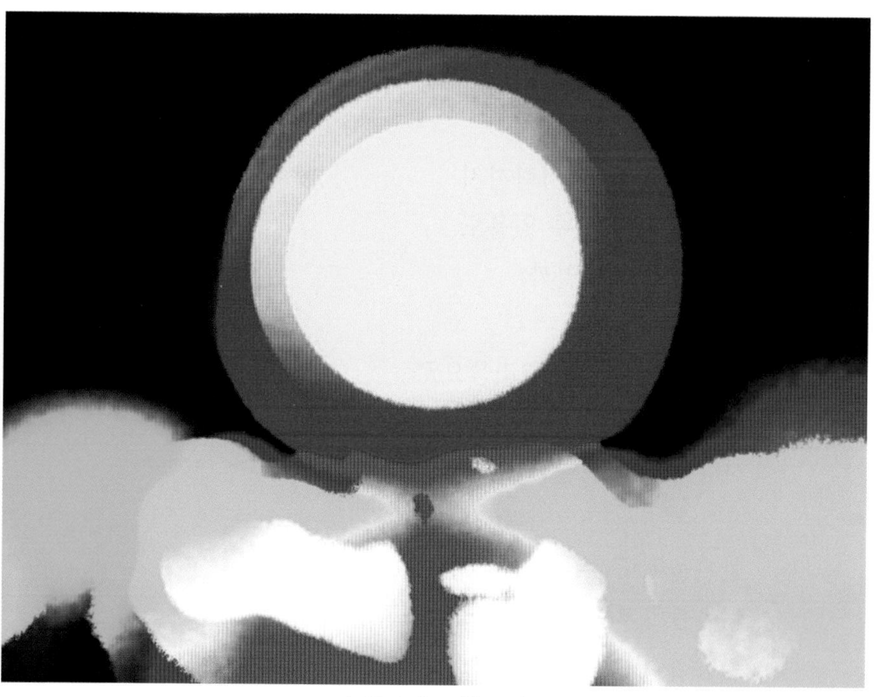

박덕은 作 [당신](2017)

사랑하기 때문일까

수평선에 닿을 듯 서로를 그리며
고요의 품안에 파르르한 떨림은
사랑하기 때문일까

간절한 꽃길 한 자락까지
새롭게 담아낼 수 있음도
사랑하기 때문일까

맛스럽고 향긋한 그리움으로
황홀히 휘감아 다가설 수 있음도
사랑하기 때문일까

한겨울에도
여유롭고 따스한 웃음꽃 피울 수 있음도
사랑하기 때문일까

은은한 자태의 고운 선율처럼
옛이야기 지절대며 마음 여유로울 수 있음도
사랑하기 때문일까.

박덕은 作 [수평선](2017)

겨울의 길목

밤하늘 품은 별빛으로
추운 추억 헤아려 보네

그리움은 말없이
누군가의 기억 속으로 젖어들고

붉게 타오르는 마음꽃은
오랜 바램들 하얗게 적시네

사랑은
깊은 고요 안겨 주고

뒤늦은 감각들은
그리움 위에 소복소복 쌓이네

빛살 향기로운 달빛에
잊지 못한 애틋함처럼

깊이 묻었다가 뜨거운 피로
달구어낸 그 속살처럼.

박덕은 作 [겨울의 길목](2017)

갈대의 추억

서걱이는 밤 강변에
철새 날아들어 수런대면

연분홍 고운 향기
정겹던 그 길목엔
아스라한 속삭임

찬바람에 메아리처럼 돌아와
달빛으로 물든다

조금 있으면 떠나는 님
하나가 되고픈 몸부림

잊혀지지 말자는
약속의 눈물인가

순백의 꽃으로 피어나
고백으로 하얗게 껴안고

향기롭게 웃음 짓는
그 아름다운 숨결.

박덕은 作 [갈대의 추억](2017)

그날이 올 때까지

노을녘 서걱이는 갈대 소리에
광야의 나침반 오고가는 사연 자락들
하늘빛 아래 새벽 이슬 마시고

수런거리는 추억은
가슴까지 여울진 애잔함에 물들고
일상의 가장 시린 곳에서
그리움처럼 촉촉이 젖어든다

거리마다 막아 선 울타리 녹여
비밀처럼 수놓으며
그 자리만 고집하다 마주친 마음 한 자락
어쩌지 못해 손 놓은 허공이 떠 있다

뜨거운 음률이 늘 몸부림치는 뒤안길에
달빛 잊지 못해
빛살 젊고 향기로운 순정이
달콤한 풍경에 눌러앉으면

해마다 꽃을 피우던 기다림은

여인들의 치맛자락에서 자라난다

삭았던 뼈 마디마디 채워지는 미소
아련히 피어올라 귓가에 속삭이면
그 무엇과도 바꿀 수 없어
쉼표와 느낌표를 번갈아 도란도란

먼 여정 가야 하는
나그네의 설움 달래 주듯
늘 지금처럼 뜨겁게 마주하며
잊혀진 계절에 묻힌
고상하고 은은한 자태로
오롯이 추스린다.

박덕은 作 [갈대밭](2017)

겨울 편지 · 1

여울져 가는 그리움은
달콤한 사랑의 불씨

보이지 않는
마음의 진실 앞에 서서

못다 한 아련한 꿈
미세한 떨림으로 끌어안고

점점 빠져드는 너의 매력에
애틋함이 남실남실 피어나면

가슴 가득
지순한 안부를 묻는다.

박덕은 作 [겨울 편지·1](2017)

겨울 편지 · 2

추억은 아름다워라
마음 흔들고 간 이가 있어

숲의 진한 향기처럼
날마다 솟구치는 사랑의 숨결로 폴폴폴

그리움이 키운 믿음으로
내게 주어진 귀한 인연으로 바라보며

새 잎처럼 푸르러지고 싶음은
왜일까

일렁이는 열정에
파도 치는 물결 소리

먼 수평선 고개 넘으면
빛나는 눈동자로
맞이하는 그대

모두

내 속에 산다오

부르지 않아도
달려오는 소리랑 함께.

박덕은 作 [겨울 편지·2](2017)

홍매화

눈 날리는 소리에
가슴속 몸살 같은 아픔
싸르락 싸르락

감미로운 촉수로
묻어두었던 그리움 꺼내
꽃망울 톡 터뜨린다

잔설 녹여
한 생을 건너온 맑은 숨결들
그 빛과 향 싱그러워라.

박덕은 作 [홍매화](2017)

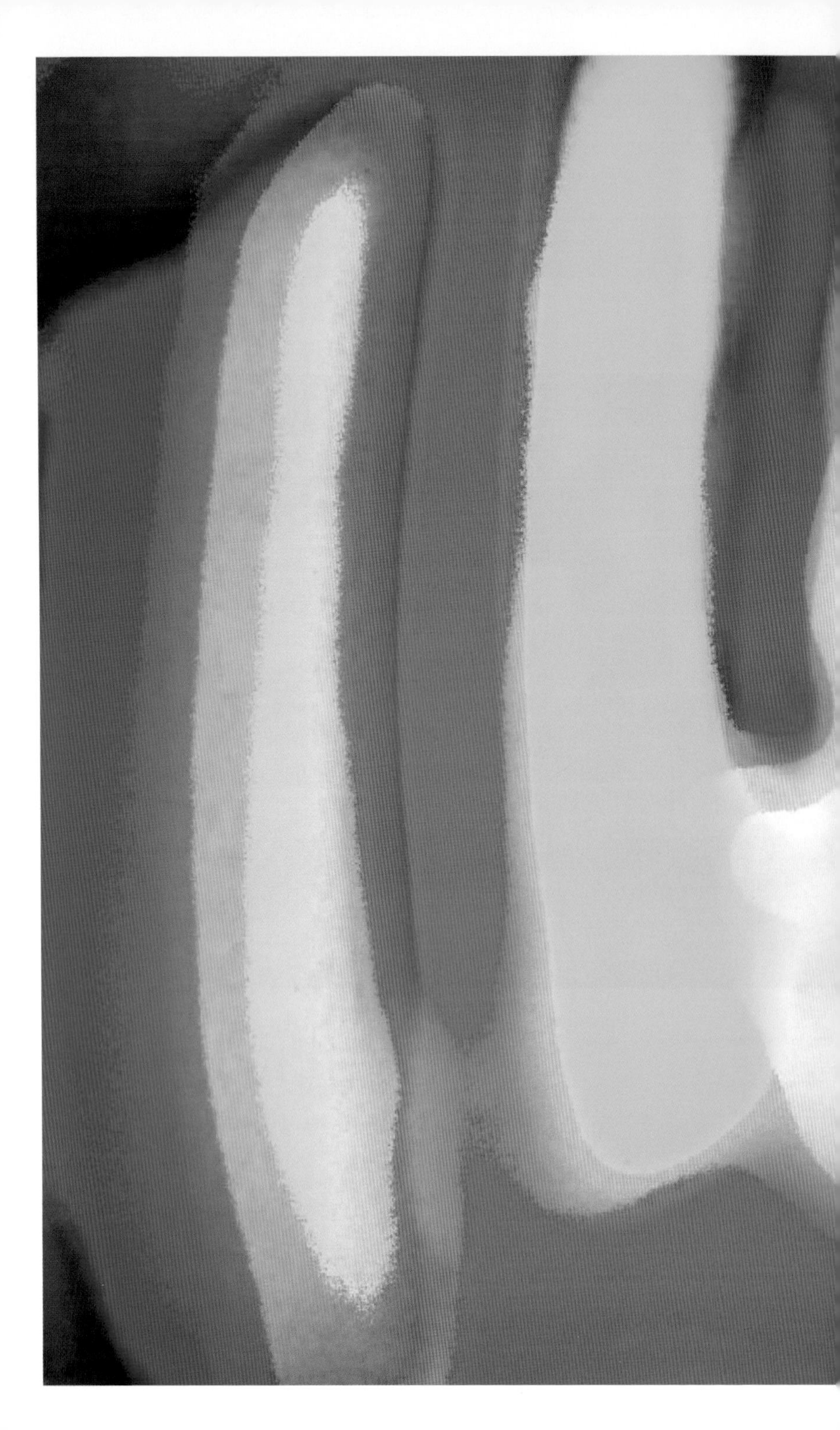

제2장 꿈빛

박덕은 作 [꿈빛](2017)

그리움 · 1

열정의 설렘으로
붉게 타오르는 숨결

지울수록 더 그리워지는
내 전부가 되어 버린 행복

여유롭고 찬란한 울림의 현 타는
어여쁜 마음

깊은 고요의 품안에
은은하게 흐르는 음률

빛살처럼 휘감는
향기로운 웃음꽃

새롭게 담아낼 기쁨의 그릇에
열병 앓듯 채워지는 미소.

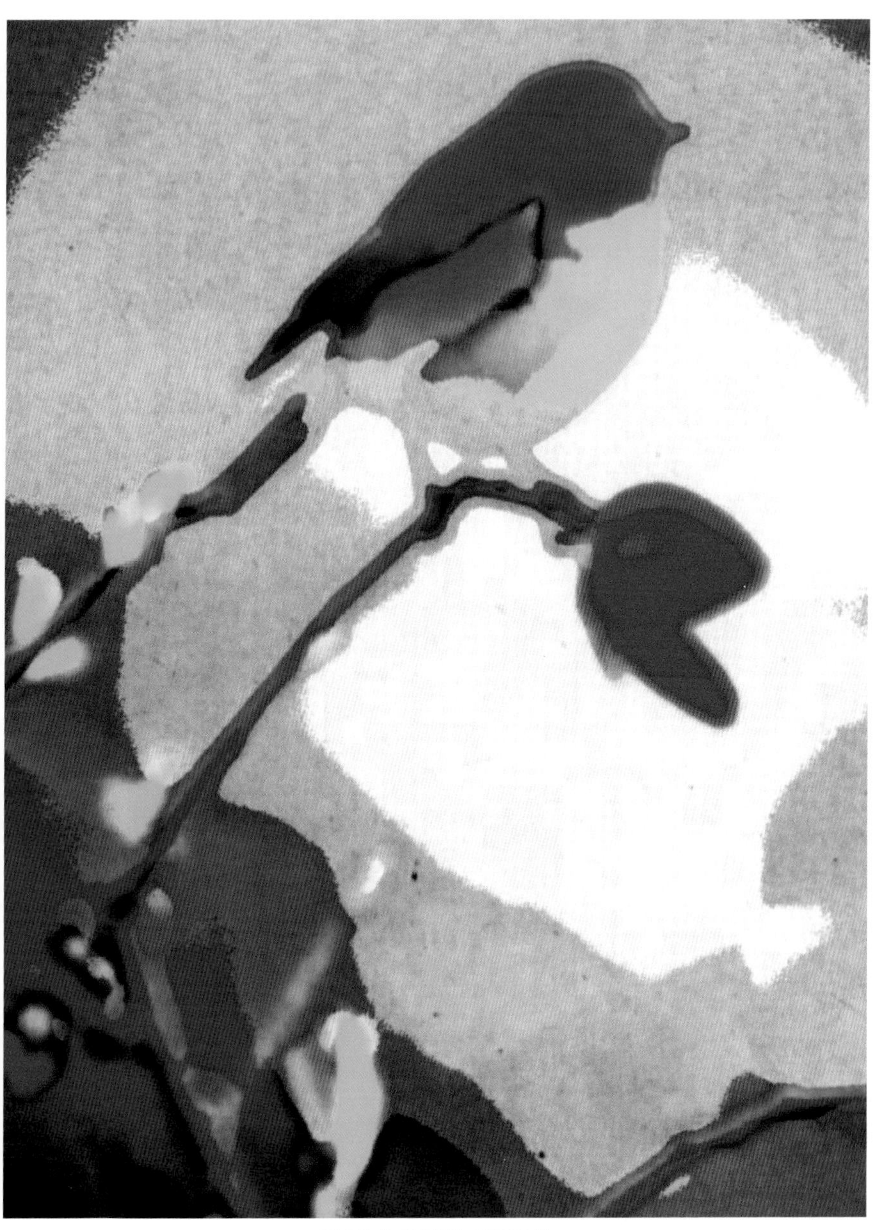

박덕은 作 [그리움·1](2017)

그리움 · 2

바라보는 깊이만큼
다른 눈길로
향긋이 일어서는 하얀 추억

수많은 보고픔이
천천히 가슴으로 젖어든
뜨거운 함성

살갑게 토닥이는 싱그러움
품안에 녹여내어
만져지는 애잔함

하나가 되고픈 몸부림이
아리게 새겨놓은
영원한 사랑

휘감은 맨발의 촉수
그 뜨거운
믿음 한 자락.

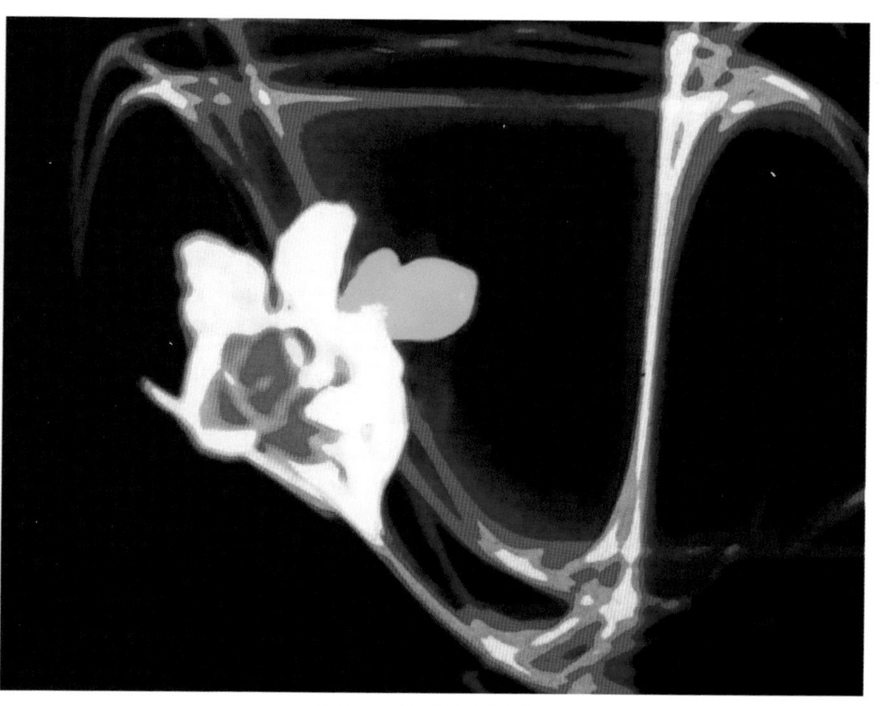

박덕은 作 [그리움·2](2017)

그리움 · 3

겨울 볕 따스함처럼
살갑게 토닥이다

애간장 녹아
홀로는 삭일 수 없는
추억 한 자락마저
가슴속으로 깊어만 가니

그 빛깔 그 향기 너무 고와
뼛속 깊이 하얀 촉수 꽂는다.

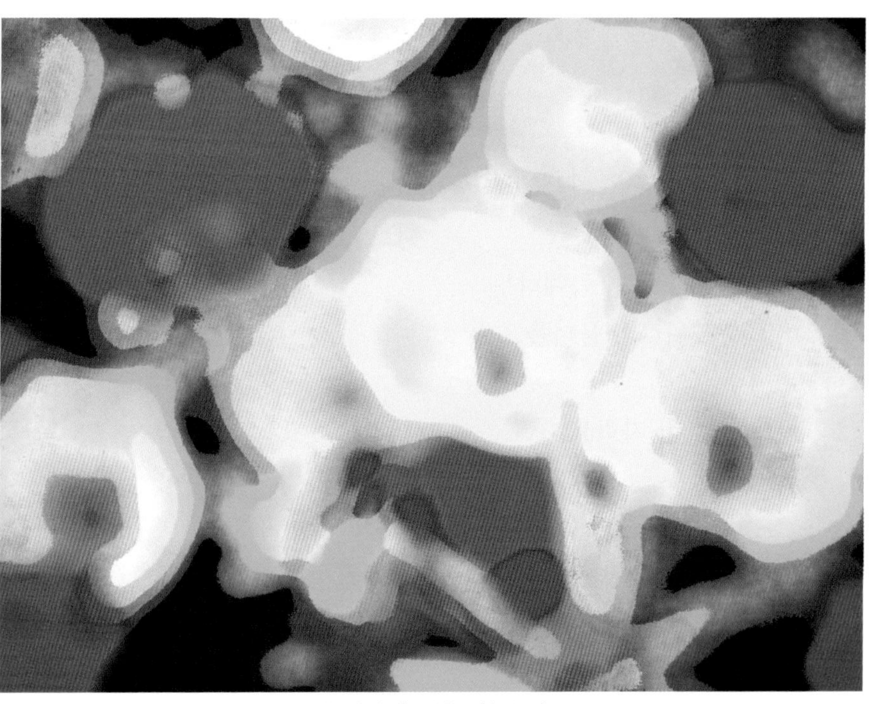

박덕은 作 [그리움·3](2017)

그리움 · 4

잔잔한 겨울 호수 위에
눈이 오면 요동친다

안개꽃처럼
잔잔한 웃음 머금고서

찬바람 불면 곡예하듯
춤사위로 너울너울

추억 한 자락도
오랠수록 더 빛나는가

하루의 여백도 없이
고요를 더 느끼는가.

박덕은 作 [그리움·4](2017)

그리움 · 5

첫눈 내리면
볼 감싸는 숨결이 그립다

속절없이 귀기울여
그리움 한껏 적시고

파르르 햇살 밟고 오는 소리
유난히 맑고 깨끗하다

상큼한 수정처럼 일어서고
끈끈한 눈빛같이 한껏 안겨 봤으면

어차피 만날 수 없는 줄 알면서도
그 빛과 향 달궈서 하늘에 걸어 두고 싶다.

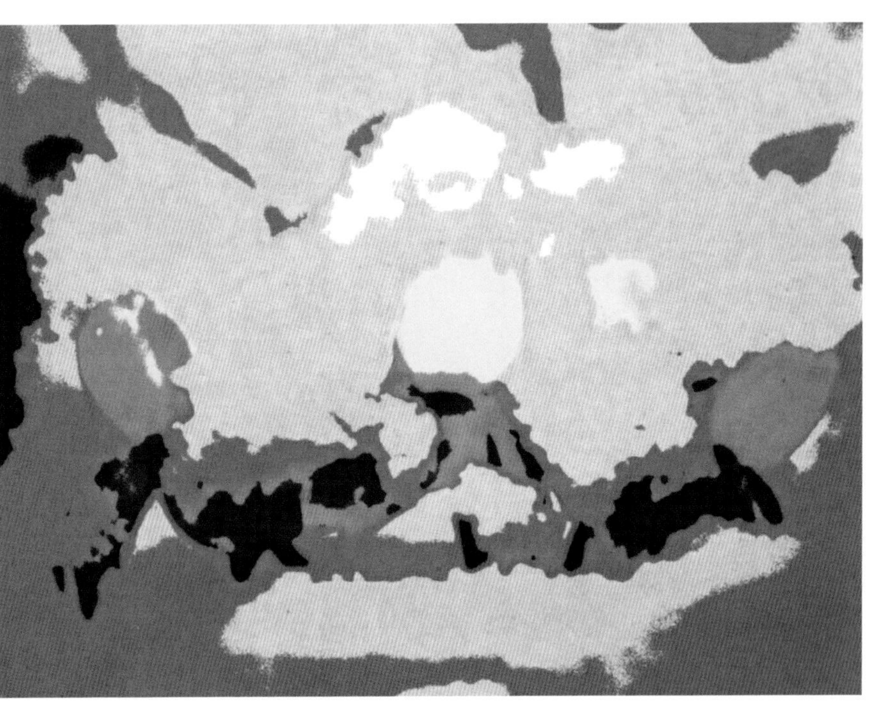

박덕은 作 [그리움·5](2017)

일출

보고픔이 습관처럼 바라보니
새들은 날아들어 인사하고
날갯짓 한창이네

너를 향해 울려 퍼지는 함성
찬란히 솟아올라
빛을 발하니

여명을 헹궈내는 가슴마다
웃음꽃이 열리네

먼 훗날까지
결코 지워지지 않을 그대
핏줄 속에 머물러 내 품에 있네

사색 위에 걸터앉아
향기롭고도 아름답게
지켜보고 있네.

박덕은 作 [일출](2017)

겨울 연가

마음결에
아련히 새겨 보는 싱그러움

너와 나
낭만 한아름 안고 남실남실

연민의 굴레에
아련히 숨어든 그리움

눈 덮인 바닷가
그 고운 발자국

속삭임처럼
주저없이 일어서는 사랑의 정취

나도 모르게
시곗바늘처럼 쉼없이 가는 그 길

날마다
여백으로 꿈틀거리네.

박덕은 作 [겨울 연가](2017)

저무는 창가

한겨울 해거름의 뒷걸음질이
여울져 사라지고

지칠 줄 모르는 열정은
붉은 시름 여전히 밀어내고 있다

보내는 눈빛의 고요함은
착하고 속 깨끗한 숨결처럼
천년 하늘빛 통째로 마시고 있다

고즈넉한 상념은 소리 없이
그리움 되어 깊어만 가는데.

박덕은 作 [저무는 창가](2017)

계절의 향기

따스한 인연의 소리
추억 속에 고이 남겨두고

한겨울 화롯불의 정만
평생 안고 살아가네

깊이 물든 마음
영글어 잊지 못할 사랑
한 걸음씩 좇아가는 곱디고운 그리움

달콤하고 향기롭게 꿈꾸는
무지갯빛 열정
가슴 벅차오르네

가슴속 몸살 같은 아픔
찬바람 가르며 헛기침 하는 사립문 앞에
맑고 깨끗한 감성의 나이테로 자리잡네.

박덕은 作 [계절의 향기](2017)

짝사랑

천천히
가슴으로 흐르는
가녀린 꿈과 어여쁜 마음이어라

입가에 고운 미소
아련히 하늘길 열어 수놓아
가는 곳마다 꽃길이어라

믿음 한 자락으로
달콤함 휘날리며
달리는 한 줄기 그리움이어라

열정의 여울진
애잔함에 매달리는
싱그러움의 떨림이어라

꿈속까지 찾아와 칭얼대며
사랑의 열병에 빠져들게 하는
상큼함이어라.

박덕은 作 [짝사랑](2017)

새해 일출

더 높게
더 넓게
더 기품 있게
싱그러움 꿈틀꿈틀
날갯짓 나폴나폴
향기로워라

붉디붉은 열정은
간절히 하나가 되고픈
몸부림이런가

꽉 차 있던 많은 생각들
비워내게 하는
저 잔잔한 울림이여.

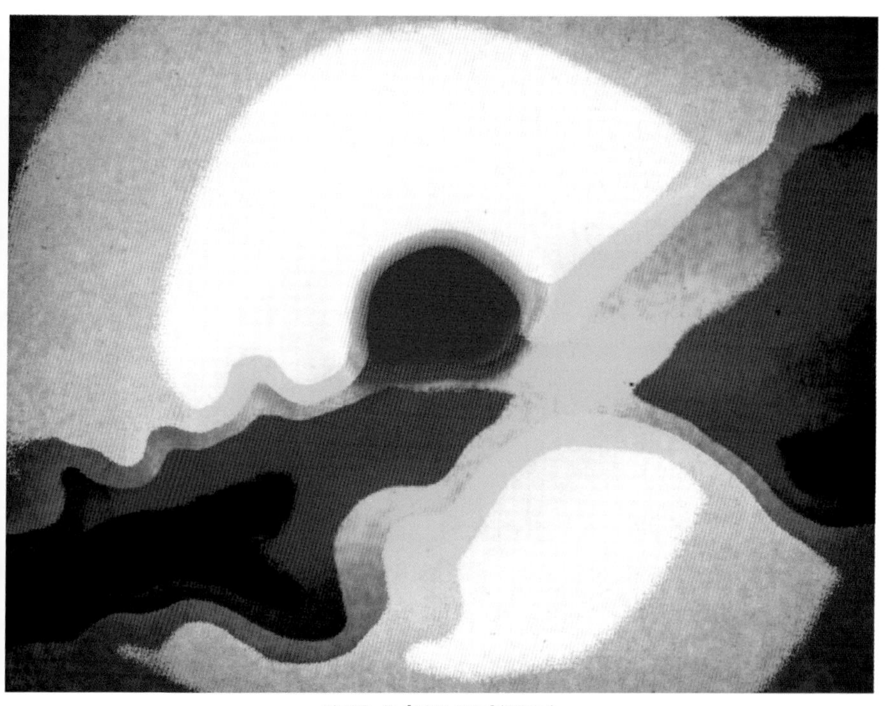

박덕은 作 [새해 일출](2017)

12월이 오면

허허로이 막을 내리는 한 해
끝자락 스멀스멀 낮달도 외로운지
터벅터벅 비틀대고

오롯이 그리움 담긴
저 아름다운 손짓 가늘게 떤다

네가 아프면 내가 쓰리고
내 빛이 고우면 너 또한 찬란히 빛나는가

깨끗한 향이
그대 손잡아 일으켜 세운다

은은한 감성은 떠날 줄 모르고
평원의 물소리처럼 촉촉이 젖어든다

잠깐 다녀간 그대 생각
바람결에 흩날리면

마주친 달빛과 소곤소곤
낭만을 노래하고 싶어라.

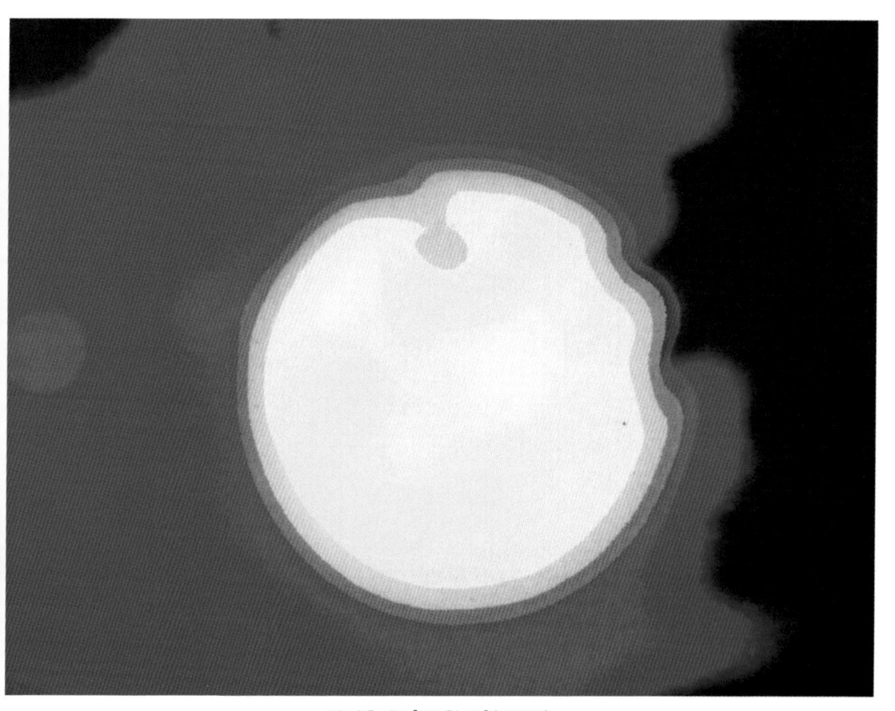

박덕은 作 [12월 달](2017)

나의 동생

음률처럼 파고드는 추억 자락에
촉촉이 젖어들면

옛이야기 몽실몽실
콧노래 흥얼흥얼

사랑의 잔 함께 나누며
살갑게 토닥토닥

웃음꽃 하나되는
예술 같은 낭만

시절따라 나폴나폴 노래하네
티 없는 보석처럼 영원히

가는 세월 아까워
따스함 가득 채워 주네.

박덕은 作 [나의 동생](2017)

사랑 · 1

믿음으로 키운 열정
무지갯빛 진한 향기

황홀히 가득한 환희
뜨거움 속의 음률

모두
숨결에 헹궈

향긋한 솔잎에 문질러
하늘자락에 닦아

가슴 깊이
묻어 두었다가

뜨거운 피로
달구어낸 그리움.

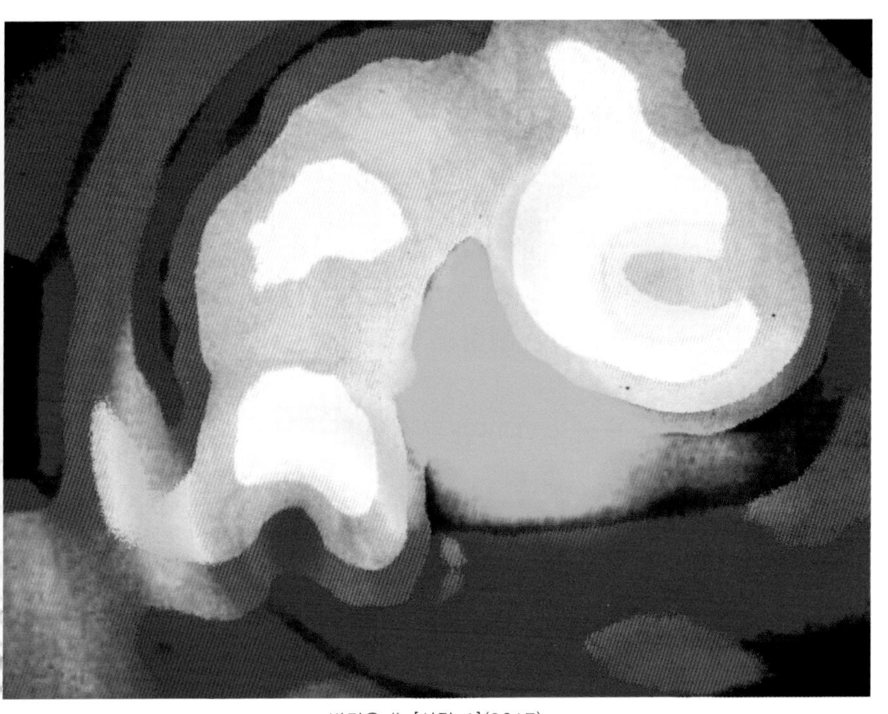

박덕은 作 [사랑·1](2017)

사랑 · 2

아침 햇살처럼
티 없이 맑은 평화로움

영롱하게
가슴밭에 새겨진 그리움

빛바랜 추억에
곱게 물들여 품고픈 열정

비가 오나 눈이 오나 바람 불어도
우뚝 서 있는 거목

아낌없이 칭찬하고픈
설렘 안은 명작

한 해의 끝자락에
닮고픈 자태

별처럼 반짝반짝
촉촉이 젖어들고픈 낭만

산을 품을 수 있을 만큼
강을 담을 수 있을 만큼
깨끗한 순수

깊이 감싸 영원히 간직하고픈
다가올 환희.

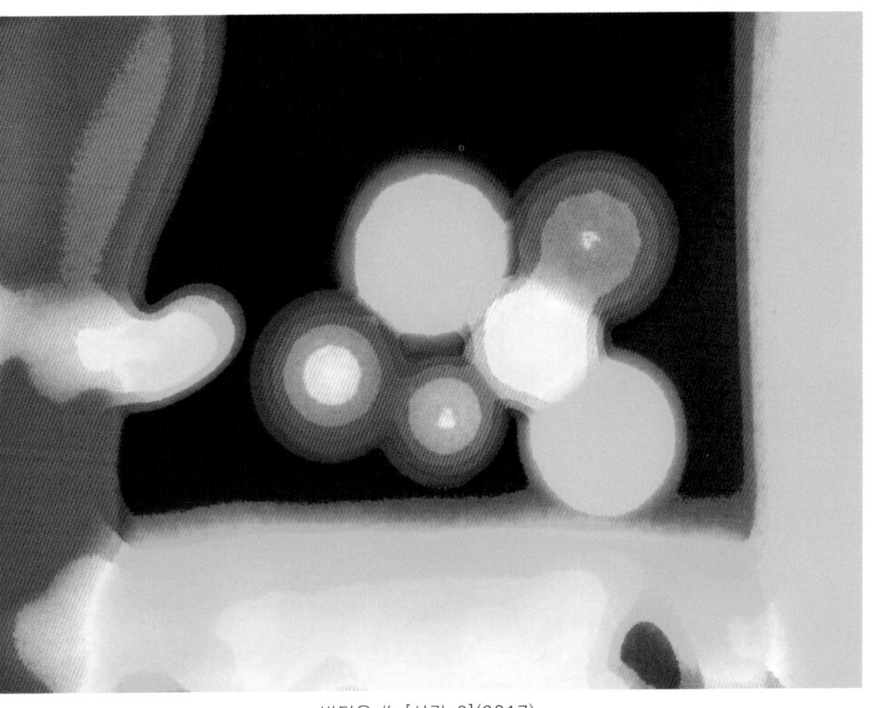

박덕은 作 [사랑·2](2017)

사랑 · 3

가슴속에 짙게 빠져드는
설렘의 향기로움

꼭꼭 숨어 있는 울림이
그려내는 소리

서걱이는 아픔조차도
지울 수 없는 그리움

칭얼대는 뜨거운 열정에도
붉게 피다 혼절하는 순간에도
피어나는 깨끗한 숨결.

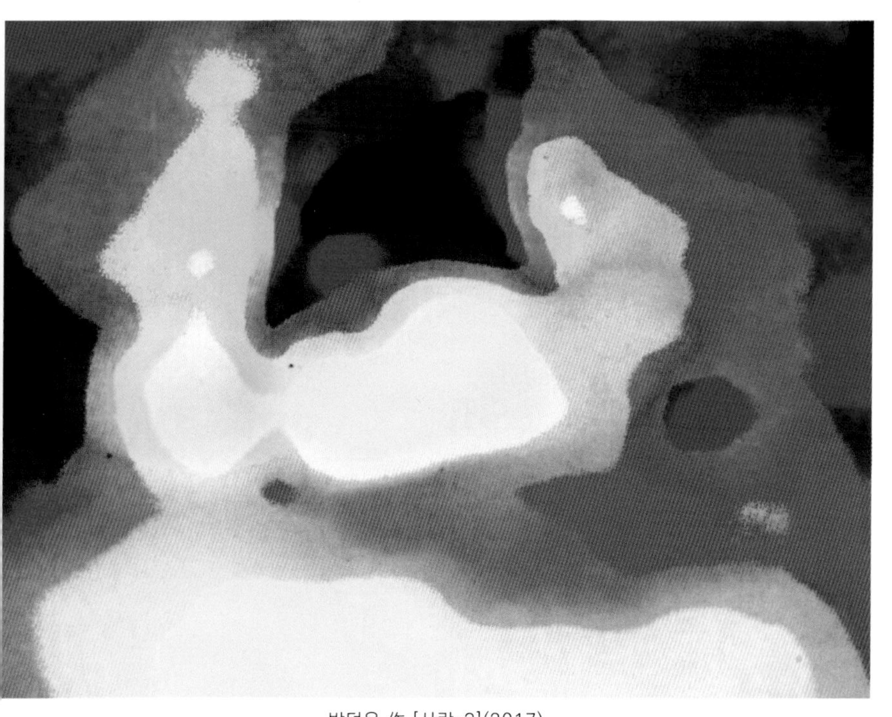

박덕은 作 [사랑·3](2017)

제3장 멈춰 선 자리

박덕은 作 [멈춰 선 자리](2016)

가을아

어디선가 그리움 자락으로
날 부르는 소리

아득히 잊고 지내온 추억의 향
그 아련한 속삭임으로

누구에게나 가 닿을 수 있는
그 열린 마음으로

싱그럽고도 푸르른 감성
끝없이 이어져 전율하며

가슴 깊이 숨어들어
남실남실 그 환한 달콤함으로.

박덕은 作 [가을아](2016)

인연

오늘 같은 날
널 바라보고만 있어도
설렘이 말갛게 피어나 싱그럽다

그리움의 속살로 꿈틀대는
보드란 날개 온통 두르고 싶다

붉디붉은 마음결 너울거리면
그대와 하나이고 싶어라

진한 향내 스민
달콤하고 느낌 좋은 감성들
모조리 심장에 담아

계절의 쓸쓸한 빛으로
조금씩 조금씩 내려놓으려 해도
마냥 안겨 오는 미소여.

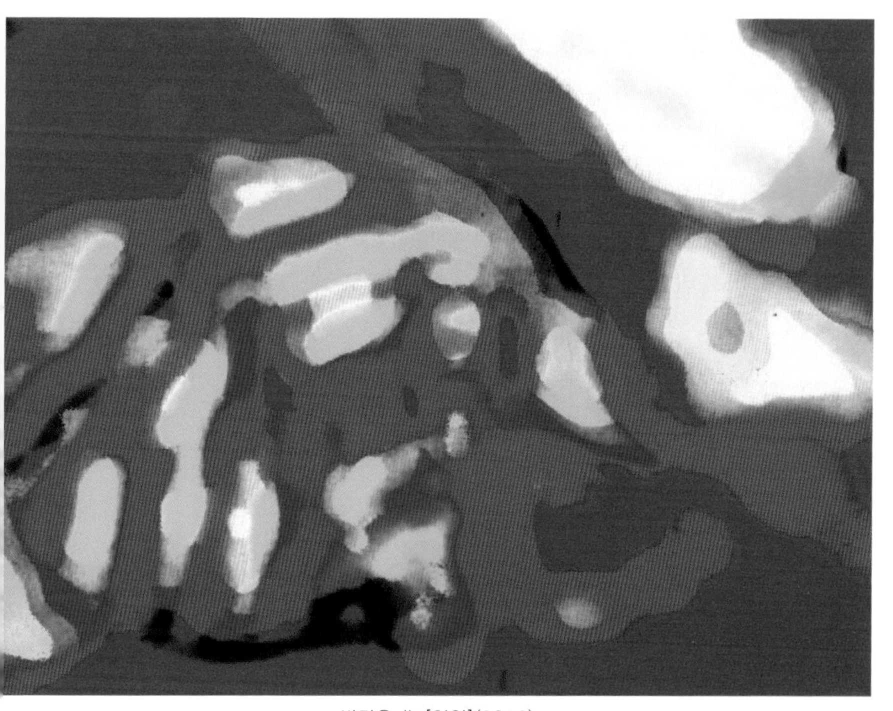

박덕은 作 [인연](2016)

성탄 트리

맑은 하늘빛 아래
묻어두었던 기다림은
보고픔에 더욱 가슴을 흔든다

하얀 눈꽃 위에는
은하수 별빛까지 내려앉아
반짝반짝 속삭인다

사랑한다고 고백하며
살포시 눈으로 인사하며

들리나요 느끼나요
솔잎 향기 태우는 듯
연신 확인하며.

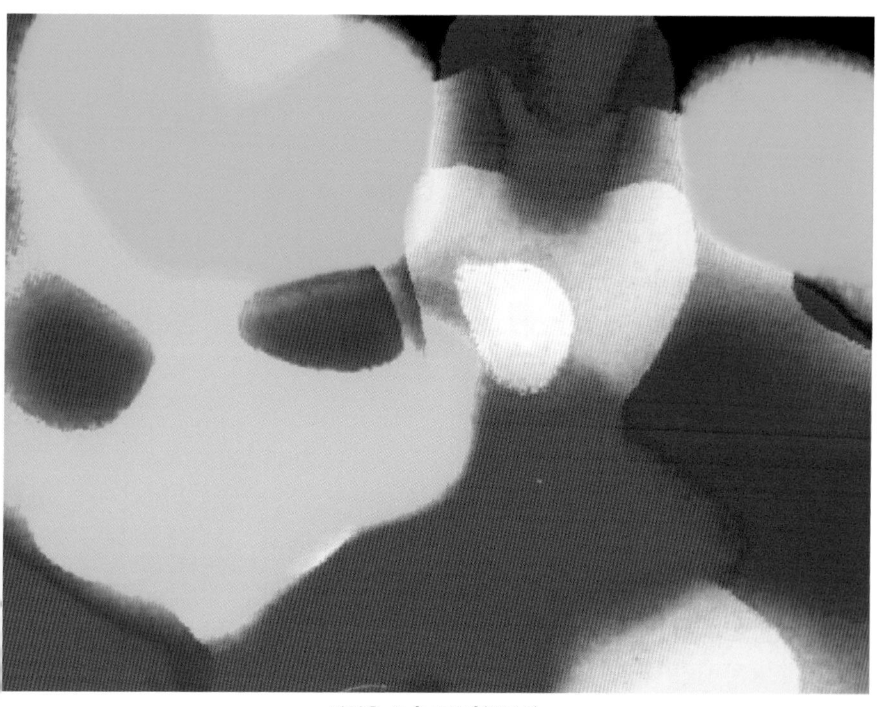

박덕은 作 [보고픔](2016)

당신 · 1

그리운 꽃시절처럼
아름답고 향기로운 미소가
절로 샘솟는 사람

풋풋하고 고즈넉한 카페에 앉아
일렁이는 가슴 스치듯
보드랍게 느끼고 싶은 사람

마음속 햇살 따라
그윽한 영혼의
맑은 인연이 되고픈 사람

수줍은 낮달의 어깨 위에
살포시 걸터앉은
창백한 사람

빛바랜 긴 여백에
아련히 꿈틀거리는
그리운 사람.

박덕은 作 [당신·1](2016)

당신 · 2

하늘 향해 외치는
향긋한 그리움
그 청아한 목소리 남실남실

몸도 맘도 부르르 떨며
한껏 빛나고 물들어 출렁출렁

가슴 깊이 스며든 초겨울의 미소
어루만지면 살그랑살그랑

아련한 기억들이 머물고 싶어
한 줄기 음률 타고 휘리릭휘리릭

고즈넉한 벤치에
노을 그대로 묻어두고 너울너울

바람처럼 허공 맴돌아 흐르면
열정 되어 새겨지는 애틋함 바스락바스락.

박덕은 作 [당신·2](2016)

나그네

여울져 가는 그리움
아린 세월의 설익은 사랑
찻잔 속의 설레는 향기
매혹의 퍼즐처럼 어깨동무하며
초겨울 속으로 함께 걸어간다.

박덕은 作 [찻잔](2016)

계절의 길목

스치는 눈웃음엔 말이 없어도
행복의 미소가 피어오르면
따스한 맑은 영혼들
기쁨과 사랑으로 가득차
마음을 흔드는 그대.

박덕은 作 [계절의 길목](2016)

선상에서

너울너울 날아오르는 갈매기
눈부시도록 아름다워

하늘의 사색으로
설렘의 향기 감싸 안고 남실남실

달빛 한 자락 아련히 휘감고
이 밤도 하얗게 사르르

찰랑찰랑 피어나는 그리움
저 소리 들리는가 느끼는가

꿈틀대는 밤하늘의 여백
지새워 시린 내 귓가에 철썩철썩.

박덕은 作 [설렘의 향기](2016)

나의 행복

들썩 들썩 새벽이 열리고
젊은 날의 향내 가득 차오른다

사랑은 어긋날수록
아름다움이런가

고요히 숨쉬는 빛
싱그럽게 꿈틀거리면

달려온 날들이
그리움과 아쉬움을 토해내고

깨끗한 고요함이
하늘을 잠재운다

나부끼는 잎새마다
빛바랜 여백으로 노래하고

여유로움 주는 기쁨이
흥얼흥얼 추억을 줍는다.

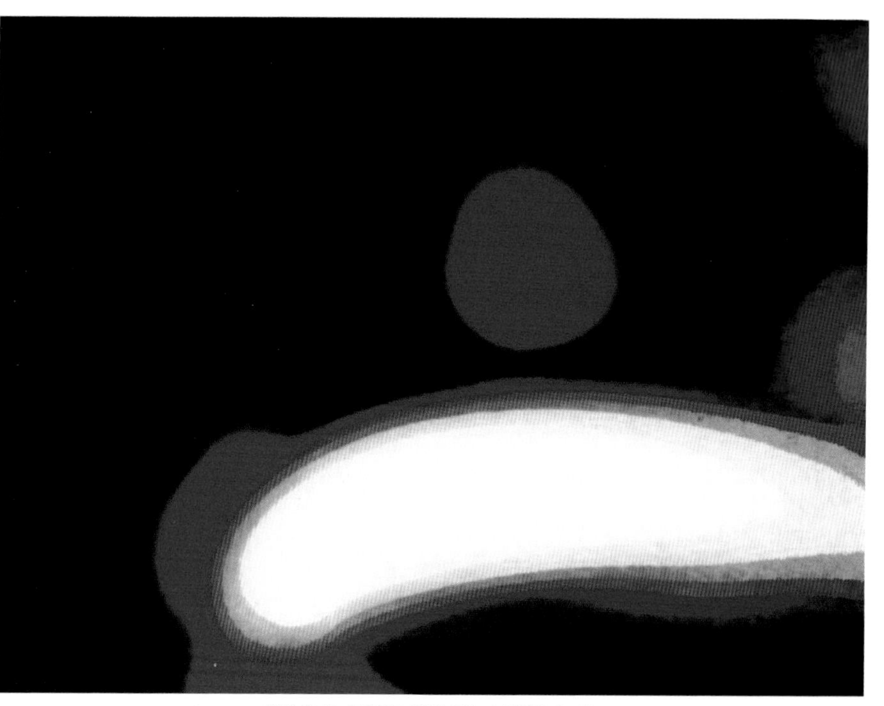

박덕은 作 [여유로움이 주는 기쁨](2016)

건널목

이른 아침 발걸음도 가볍다
또각또각 멈춰선 빨간 하트

데구르르 굴러온
너를 생각한다

오도카니 서서
사람들을 향하여 미소 짓는다

옆에는 피카소 그림
초연히 날 지켜보고 있다

둥근 원 속의 비구상
나의 추억도 질세라 뽐내고 있다

어인 일인지
눈에 들어온 화려한 만물상도
달달한 시인의 노래를 부르고 있다

과거와 현재의 형상들이지만
오늘따라 꿈도 곁들어 날고 있다.

박덕은 作 [건널목](2016)

첫눈

나목의 가지 끝에 핀
꽃송이 눈물겹다

뚝뚝 흘린 그리움
홀로 흥얼흥얼 읊조리니

외로움이 파란 마음에 물결치면
다시 새겨지는 너와 나

더 애타게 그려 보는 사랑
새벽 맞으며 노래 부를 수 있을까

번져 가는
저 고요한 외침 따라.

박덕은 作 [첫눈](2016)

시가 흐르는 행복

사랑의 혼 위에
초연히 피어나는
꿈결 같은 입맞춤

첫눈 내리는 갈대숲엔
새들도 우르르 나와
활짝 웃는다

귀밑머리 가다듬은 노을빛에
생기 불어 넣어
낭만의 꽃 피우고

별빛으로 수놓는 그리움에
빠져드는 설렘의 향기
그 발걸음도 가볍다.

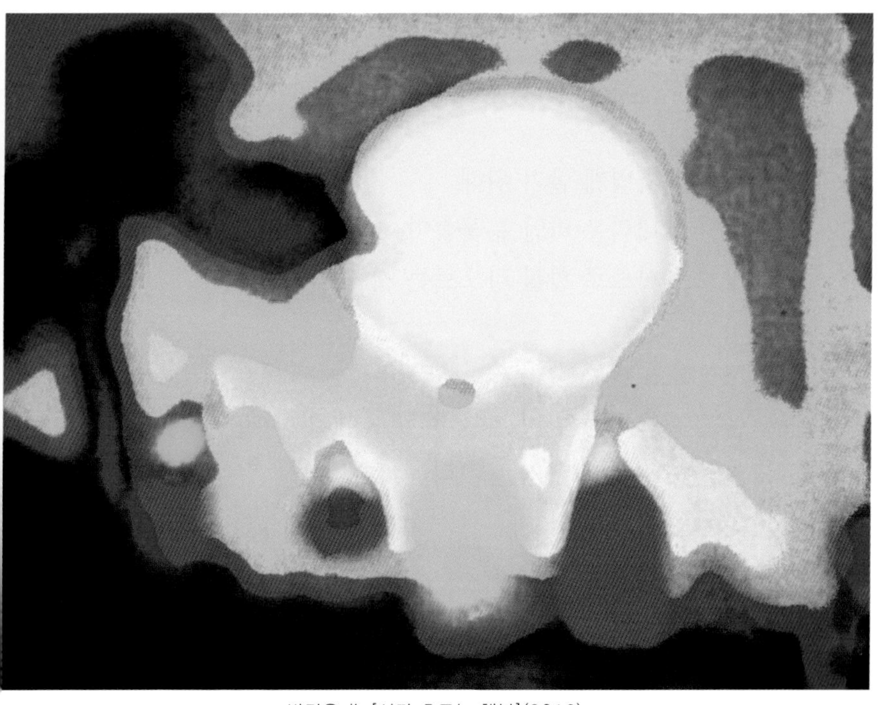

박덕은 作 [시가 흐르는 행복](2016)

보라

높고 깨끗한 계절의 맨 끝자락
저 하늘 맑게 헹궈내는 햇살
너울거리는 푸른 꿈의 날갯짓

허공을 가볍게 날기 위해
부서져 내리는 하얀 눈꽃송이
사르르 사르르 활활 타오르는 저 설렘의 열정

고상하고 향기롭게
퐁퐁 파문처럼 번져 가는 저 고요한 외침
마음속 깊이 사무치는 그리움

첫눈의 새로운 모습들
홀가분하게
나목의 추억 더듬으며
바람과 함께 휘날리는 것을

고운 향 수채화로 빚어
아련히 수놓고 남실거리는 것을

창가에 다가와
쌓아놓고 속삭이는 저 아름다움
섞이지 않은 저 올곧은 절개

피워내는 꽃인 듯
촉촉이 젖어 들게 하는
저 고운 미소.

박덕은 作 [미소](2016)

신사임당 초충도

향긋한 마음
아련한 무지갯빛으로 피어나
잔잔한 감동으로 흠뻑 젖어 있네

뜨겁게 마주하며
붉디붉게 물들이는
평화로움 남실남실

은은한 자태로
오롯이 서 있는 울타리 안
나래 펴고 꿈틀꿈틀

맨드라미, 수박넝쿨 위
벌나비는 나폴나폴 개구리는 폴짝폴짝

둥지로 날아온 그리움의 꿈
하늘이 내려준 소중한 사랑
서로 품고 곱디곱게 닮아 가네.

박덕은 作 [나비](2016)

시화전

파란 꿈들이 넘실대는 곳
여기저기서 웃음꽃 따라
향그러움 화알짝 피어나네

곳곳엔 저마다 감상 한창이고
환희에 젖어 젖어 나래를 펴네

발길 멈추고
감상에 푹 빠진 그 모습들
순간들이여 영원히 빛나라

인연처럼 길동무하며 저마다
초겨울의 멋스러움 낭만 가득하고

취해 버린 작품들은 별처럼
반짝반짝 수놓으며 뽐내고 있네

사랑도 한아름 두둥실
기쁨도 가득차 남실남실.

박덕은 作 [두둥실](2016)

멈추어 선 그 자리

초겨울 들썩이며
성큼 다가서고 있는
아련한 마음

꽃향기에 남겨진
어여쁜 이여

아직도 나의 여백에
쿵쿵거리며 살고 있어

세월의 길목에서
잊는다 잊는다 몸부림 소리쳐도

그리운 그대의 이름
부르고 있지

따스한 미소
아직도 그립습니다

피어나는 절절한 사랑 하나

온누리 돌아보아도 잊을 수 없어라

불멸의 영롱한 눈빛 간직한 채
평생 열정의 동반자로 살고 싶어라.

박덕은 作 [멈추어 선 그 자리](2016)

제4장 님이 그리운 날에

박덕은 作 [님이 그리운 날에](2016)

낙엽 · 1

고운 향기 길게 드리운 그리움
갈빛으로 밀려오면

한가득 바람에 실어 두둥실
떠오르는 못다 한 열정

찬서리에도 소롯이 나래 펴
입맞춤처럼
가녀린 날갯짓 눈부시게 빛나네.

박덕은 作 [낙엽·1](2016)

낙엽 · 2

뜨락에 지는 풍요로움
향기롭고 아름다워

흐느끼는 이별 여행마저도
안으로 안으로 깊어만 가네.

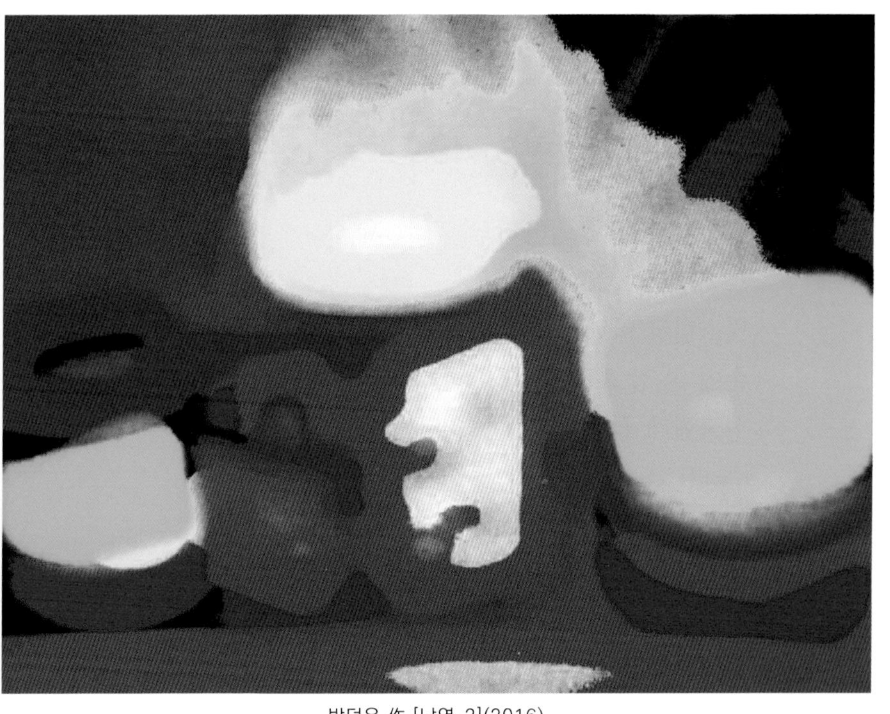

박덕은 作 [낙엽·2](2016)

친구

말없이 흐르는 세월 속에
우린 인연 되어
한 배를 탔지
진실 묻어나는 고귀함으로

나부끼는 옛 추억마저
별빛으로 물드는데
멋스럽고 아련한 속삭임들
손에 손 잡고
싱그럽게 꿈과 낭만을 즐기네

순수 영혼이 하얗게 피어올라
해 뜨는
산기슭에
가슴 가득 일렁이고

꽃안개 맴도는
그대의 책갈피마다
늘 글꽃이 나래를 펴네.

박덕은 作 [친구](2016)

마음의 향기

환하게 웃고픈
맑고 높푸른
님이여

날마다 분홍빛 낭만
심장처럼 끌어안고 사는
아련한 불꽃 같은
님이여

억새꽃처럼 아름답고
부드러운 촉감의
님이여

빨갛게 물들어
촉촉이 스며드는 늦가을처럼
사랑스런
님이여

여울목 보타진 숨결에
예쁜 그림 그리고 싶어지는

님이여

가슴속 깊이
웃음꽃 파고들어 소근대는
님이여

달콤하고 싱그러운 영혼을 간직한
님이여

황홀한 맘 보듬으며
몸 안에 머물게 하고픈
님이여.

박덕은 作 [님이여](2016)

산책하며

처녀적 꿈들이 남실남실
곱게 피어나는 오늘

첫사랑의 보고픔
그 향기만 기억하리.

박덕은 作 [산책](2016)

늦가을 · 1

화려한 뜨락에
움켜쥔 마음 감추고
바람 서리꽃 피어나네

가슴 파고드는
하얀 웃음
따스한 우정 되고

지난날의 사랑
포근한 노을빛에 물들어
일렁일렁

환한 미소가
설렘의 품으로
별빛까지 보듬네.

박덕은 作 [서리꽃](2016)

늦가을 · 2

하루 하루가 환한 꿈처럼 남실남실
나날이 쌓여 가는 설렘은 너울너울

달콤함과 입맞춤하는
감성들의 하얀 속살거림

그리움을 마주한 채
품안 가득 채워 주니

노을빛 수평선
소리 없이 내려앉고

야릇한 사색은
애타는 목마름으로
나긋나긋 춤추네

창가에 마주하면
은은한 향그러움이 환호성 퍼지듯
싱그럽게 젖어드네.

박덕은 作 [늦가을](2016)

늦가을 · 3

잔잔한 호숫가에
실안개 피어오르고

오래 비워 둔 마음속은
꽃바람 살랑살랑

더 다듬어야 할 여백
고요를 주워먹는다.

박덕은 作 [호숫가](2016)

인연 위에 흐르는 향기

함박눈이 포근히 내리면
보고픔 엮어
그리움의 별빛에 담아
한아름 주고파

그대 늘 내 안에 있어
그 깊은 곳까지 채워지는 세레나데
맘껏 부르고파

순결한 백합처럼
하얀 달빛처럼
지루하지 않는 행복
곱게 곱게 안아 주고파

뜨겁게 뜨겁게 스치는 숨결
진분홍으로
촉촉이 젖어들고파.

박덕은 作 [그대 늘 내 안에 있어](2016)

단풍

너는 한껏 붉다
그 빛깔과 향이
거리의 낭만을 꼬옥 품어 안는다

소리 없이 펑펑 터지는 그리움
창문 밖으로 고운 빛들을 쌓아 놓는다

가슴 깊숙이 묻어 두었던
연분홍 꽃 한 송이

곱게 피어 빛나는 시간
문득 보고픔의 치맛자락 휘어 감고
터벅터벅 앞서 걸어간다.

박덕은 作 [단풍](2016)

어느 그리운 날에 · 1

창문 밖
빗소리

그대의
아련한 속삭임이런가

가슴속
촉촉이 파고드는 흐느낌이런가

진종일
향그러움만 퐁퐁퐁 치솟네.

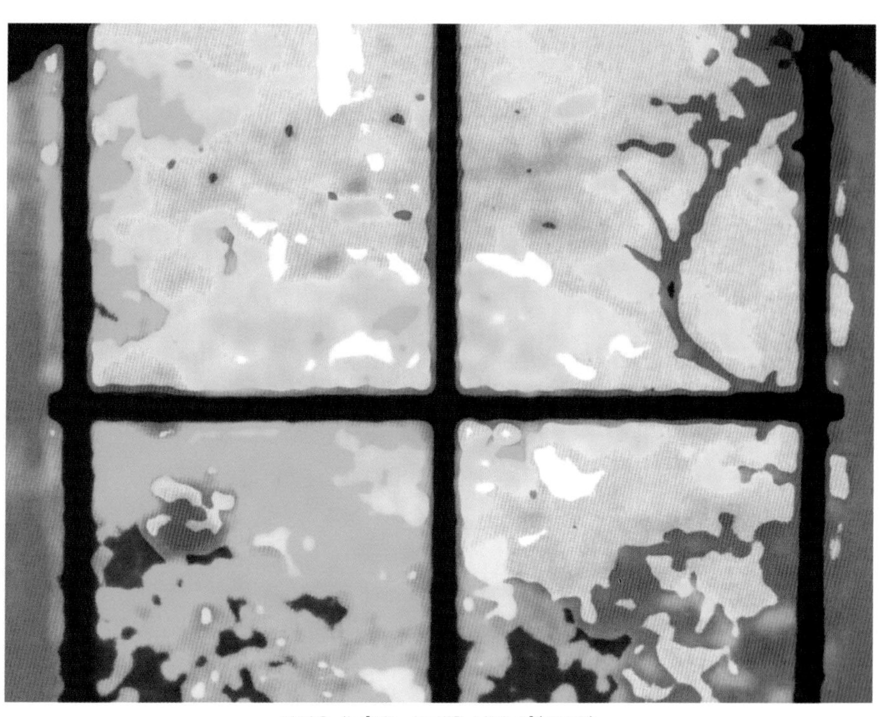

박덕은 作 [어느 그리운 날에·1](2016)

어느 그리운 날에 · 2

숲속 밤하늘엔
별빛만 빼곡히 반짝반짝

하얀 달 둥근 얼굴
촉촉이 젖어드는 그리움.

박덕은 作 [어느 그리운 날에·2](2016)

초겨울

밤하늘 품은 시선
별빛같이 헤아려 보네

그리움은 말없이
님 모습 새겨 놓더니
마음속 깊은 고요 안겨 주고

드넓은 하늘 아래
반짝이는 유성으로 남네

붉게 타오르는 마음꽃은
다짐했던 오랜 바램들 하얗게 적시네.

박덕은 作 [초겨울](2016)

들꽃

은밀한 곳에 서서
찬바람 맞는 연보라꽃
늦가을 자락이 휘감은
가슴속 노을

불태우면 태울수록 향기 가득
산기슭은 깊은데
굽이 굽이 눈멀 듯
스치는 별빛

묵은 시름 흔들흔들
바람 지나칠 때는
뜨거운 울음 찢겨진 한 쪽
초겨울길 흘러가며 달빛으로 물든다.

박덕은 作 [들꽃](2016)

詩

사랑의 혼 태워 가다 보면
언젠가는 하나되는 숲

세월 불태우는 정열로
새겨지는 파란 마음

찰랑찰랑 물결치면
별빛 흐르는 노래

먼 훗날 초연히 피어나는
선연한 빛

천년 하늘
매듭 푸는 그리움

보고 싶어 서럽도록
설렘 안고 기다리는 추억 자락

차오르는 가슴 곧추세우며

지평선에 걸어 둔 연민

떠나는 가을 끝자락에
물안개 스멀스멀 스미는 산모롱이

숲이 열리고 새들이 날아들어
포근함 무르익어 울려 퍼지는 소리.

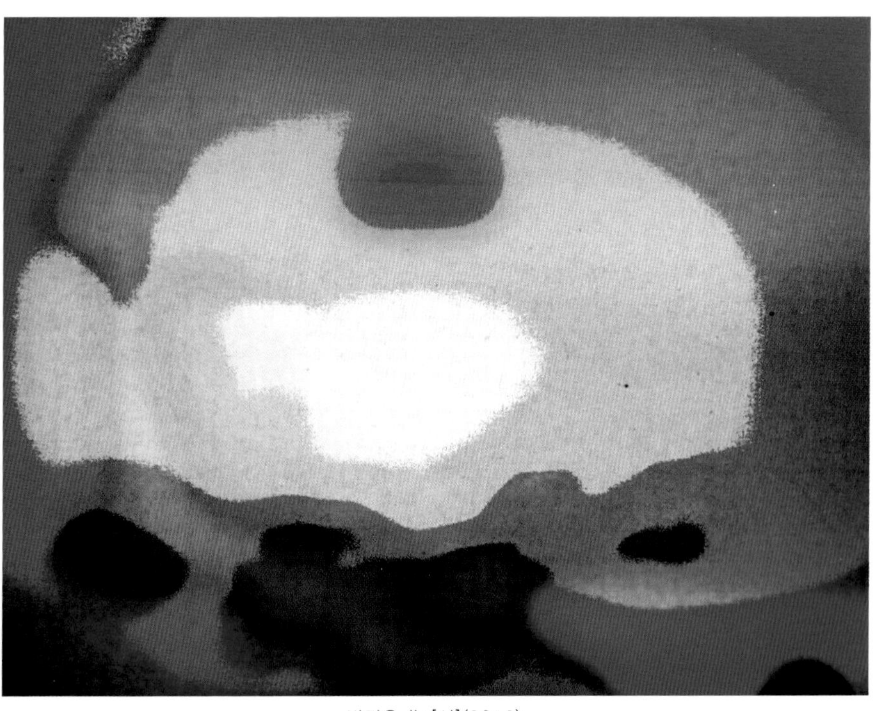

박덕은 作 [시](2016)

조약돌

돌풍에 이리저리 비틀거리면서도
서로 부둥켜안고 뒹구는 음률

상흔을 삼키며 읽혀지는
그리움 속에서도 목마름 딛고 서서

차르르 차르르
무지갯빛 피워낸다

숨결 쓸쓸한 냇가에서도
일렁이는 물소리에 애잔함 곧추세운 채

미소 잃지 않고
그 자리 고집하며

진종일 아픔을 느끼면서도
뜨겁게 마주하며 좀처럼 떠나지 않는다.

박덕은 作 [조약돌](2016)

나의 하루

늦가을 머문 자리
향기 가득 아름다워라

가끔 힘들면
하늘을 올려다봅니다

한숨 한번
크게 내쉬면서

멈추면 고요도 적막함도
촉촉이 젖어들고

짙은 물안개의 침묵 위에도
보이는 것이 참 많습니다

그대를 떠나지 않고
그리워하며 사색으로 물들이면

추억 속 여정의 속삭임들은
존귀함으로 빛나 울려 퍼집니다.

박덕은 作 [나의 하루](2016)

한실 문예창작 문우들의 작품집

오늘의 詩選集 **Series**

오늘의 詩選集 제1권

화장을 지우며
강만순 지음 / 144면

오늘의 詩選集 제2권

또 한 번 스무 살이 되고 싶은 밤
김숙희 지음 / 160면

오늘의 詩選集 제3권

사랑의 빈자리 될까 봐
박원규 지음 / 144면

오늘의 詩選集 제4권

유모차 탄 강아지
김미경 지음 / 112면

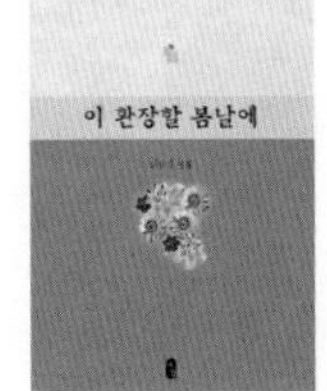

오늘의 詩選集 제5권

이 환장할 봄날에
신점식 지음 / 176면

오늘의 詩選集 제6권

작아지고 싶다
주경희 지음 / 176면

오늘의 詩選集 제7권

가을은 어디나 빈자리가 없다
전금희 지음 / 176면

오늘의 詩選集 제8권

쓸쓸함에 대하여
이후남 지음 / 176면

오늘의 詩選集 제9권

바람이 열어 놓은 꽃잎
문재규 지음 / 220면

오늘의 詩選集 제10권

단 한 번 사랑으로도
이호근 지음 / 176면

오늘의 詩選集 제11권

할 말은 가득해도

최승벽 지음 / 176면

오늘의 詩選集 제12권

비밀 일기

박봉은 지음 / 176면

오늘의 詩選集 제13권

꽃만 봐도 서러운 그날

한실 문예창작 동인지 제8집

오늘의 詩選集 제14권

마냥 좋기만 한 그대

최기숙 지음 / 176면

오늘의 詩選集 제15권

풀꽃향 당신

김영순 지음 / 176면

오늘의 詩選集 제16권

유리인형

박봉은 지음 / 176면

오늘의 詩選集 제17권

보고픔이 자라고 자라서

한실 문예창작 동인지 제9집

오늘의 詩選集 제18권

첫사랑

김부배 지음 / 176면

오늘의 詩選集 제19권

나는 매일 밤 바람과 함께 사라진다

박덕은 지음 / 240면

오늘의 詩選集 제20권

오늘도 걷는다

유양업 지음 / 176면

오늘의 詩選集 제21권

내 사람 될 때까지

전춘순 지음 / 176면

오늘의 詩選集 제22권

처음 사랑

한실 문예창작 동인지 제10집

오늘의 詩選集 제23권

당신에게 · 둘
박봉은 지음 / 176면

오늘의 詩選集 제24권

그 누가 다녀간 것일까
전금희 지음 / 206면

오늘의 詩選集 제25권

한 잔 술에 가둘 수 없어
이후남 지음 / 164면

오늘의 詩選集 제26권

그리움 머문 자리
이인환 지음 / 176면

오늘의 詩選集 제27권

사랑의 콩깍지
김부배 지음 / 176면

오늘의 詩選集 제28권

사랑은 시가 되어
최길숙 지음 / 176면

오늘의 詩選集 제29권

그리움이라서
이수진 지음 / 176면

오늘의 詩選集 제30권

그리움 헤아리다
배종숙 지음 / 176면

오늘의 詩選集 제31권

아직 끝나지 않은 이야기
장헌권 지음 / 176면

오늘의 詩選集 제32권

마냥 좋아서
한실 문예창작 동인지 제11집

오늘의 詩選集 제33권

그리움의 언덕에 서다
김부배 지음 / 176면

개별 작품집

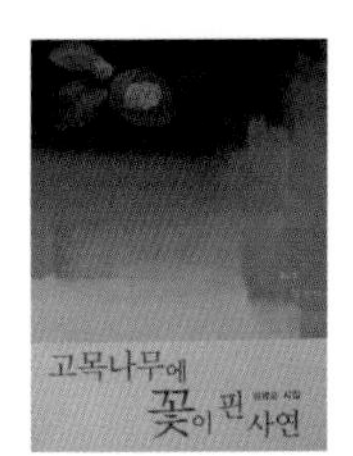

고목나무에 꽃이 핀 사연
김영순 시집

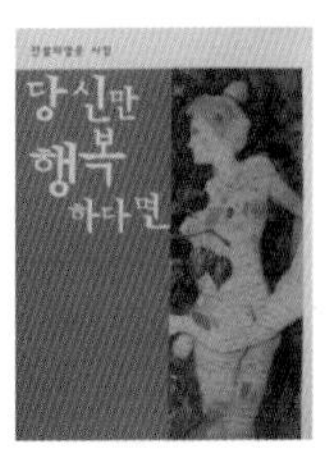

당신만 행복하다면
박봉은 제1시집

시가 영화를 만나다
장헌권 시집

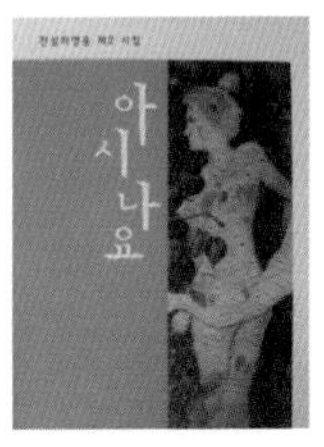

아시나요
박봉은 제2시집

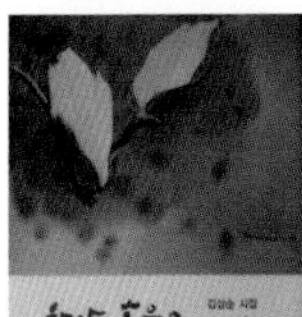

하얀 속울음까지 들켜 버렸잖아
김성순 시집

당신에게.하나
박봉은 제3시집

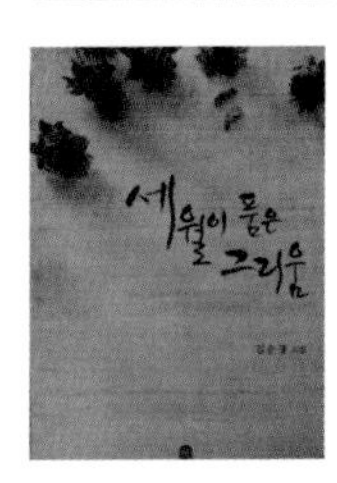

세월이 품은 그리움
김순정 시집

사색은 강물 따라
권자현 시집

입술이 탄다
형광석 시집

내가 머무는 곳
신순복 시집

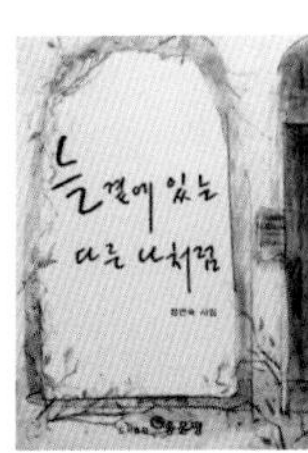

늘 곁에 있는 다른 나처럼
정연숙 시집

당신
박덕은 시집

한실 문예창작 동인지

한실 문예창작 동인지 제1집
『한꿈』

한실 문예창작 동인지 제2집
『한꿈』

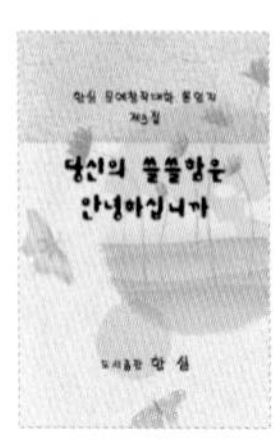

한실 문예창작 동인지 제3집
『당신의 쓸쓸함은 안녕하십니까』

한실 문예창작 동인지 제4집
『목련은 흔들리고 있다』

한실 문예창작 동인지 제5집
『그래도 한쪽 가슴은 행복합니다』

한실 문예창작 동인지 제6집
『좋은 걸 어떡해』

한실 문예창작 동인지 제7집
『아직도 사랑인가 봐』

한실 문예창작 동인지 제8집
『꽃만 봐도 서러운 그날』

한실 문예창작 동인지 제9집
『보고픔이 자라고 자라서』

한실 문예창작 동인지 제10집
『처음 사랑』

한실 문예창작 동인지 제11집
『마냥 좋아서』